之美

谷崎润一郎
精品集

阴翳礼赞

[日]谷崎润一郎 著
马文甜 张佳东 译

北京理工大学出版社

图书在版编目（CIP）数据

阴翳礼赞 / (日) 谷崎润一郎著；马文甜，张佳东译. —北京：北京理工大学出版社，2020.12

（阴翳之美：谷崎润一郎精品集）

ISBN 978-7-5682-9195-8

Ⅰ.①阴… Ⅱ.①谷… ②马… ③张… Ⅲ.①随笔—作品集—日本—现代 Ⅳ.①I313.15

中国版本图书馆CIP数据核字（2020）第211284号

出版发行 / 北京理工大学出版社有限责任公司

社　　址 / 北京市海淀区中关村南大街 5 号

邮　　编 / 100081

电　　话 / （010）68914775（总编室）

（010）82562903（教材售后服务热线）

（010）68948351（其他图书服务热线）

网　　址 / http: //www.bitpress.com.cn

经　　销 / 全国各地新华书店

印　　刷 / 三河市金元印装有限公司

开　　本 / 880 毫米 × 1230 毫米　1/32

印　　张 / 4.5　　责任编辑 / 李慧智

字　　数 / 84千字　　文案编辑 / 李慧智

版　　次 / 2020 年 12 月第 1 版　2020 年 12 月第 1 次印刷　　责任校对 / 周瑞红

定　　价 / 199.00元（全 5 册）　　责任印制 / 施胜娟

目 录

contents

阴翳礼赞 | 001

论懒惰 | 043

恋爱与情色 | 061

厌客 | 099

旅行杂谈 | 108

厕所杂谈 | 130

阴翳礼赞

如今，喜爱建筑的人要想建一座纯日式的房屋来住，光是在安装电线、煤气、水管上就要花上一番工夫，好让这些设施和日式房屋的风格统一起来。即使自己没建过房子，只要去过日式饭店或旅馆就能注意到这一点。独立于世的闲人雅士不屑于科学文明的馈赠，喜欢在偏僻的乡村与草舍为伴，这些人当属另一类。要是拖家带口地生活在城市之中，无论多想把住宅装修成日式风格，都无法舍弃现代生活所必需的暖气、电灯和卫生设备，等等。讲究的人装一台电话也要烦恼许久，尽量把它放在不起眼的地方，比如，楼梯后面、走廊一角，等等。庭院里的电线要想办法埋在地下，房间里的开关要藏在壁橱或地柜之中，软线则要放在屏风后面。这样思来想去，难免有些过于神经质，让人心生厌烦。实际上我们的双眼早就习惯了电灯，与其做这些半途而废之事，不如加上个白色玻璃灯罩，将灯泡裸露在外面，这样更有自然、朴素之感。傍晚，我从火车车窗眺望田园风景时，看到农家茅草房的纸拉门后有电灯在微微发亮。那灯泡外就罩着一个略微过时的浅灯罩，颇有风流之感。

再看电风扇之类，无论是声音还是形态，都很难与日式房间的风格保持一致。普通家庭不喜欢大可不用，但是一到夏天，做生意的家庭就不能光遵从主人的喜好。我的朋友是偕乐园的主人，他就是一个特别讲究住处的人。由于讨厌，他家客厅一直没装电扇。可每到夏天，客人们便叫苦不迭，最后只能装上。就拿我自己来说吧，前几年我拿出一大笔与身份不符的巨款来建房子时，也有过类似体会。如果连建筑用具和器具都要一一纠结的话，就会遇到各种困难。即使是装一扇纸拉门，也会面临很多问题。就我个人来说，我不想镶嵌玻璃，但如果全改成纸质，就不利于采光，也不利于关闭。最后我只好内侧贴纸，外侧镶玻璃。这样一来，就需要设计两层骨架，费用也随之升高。从外面看，这只是个玻璃门；从里面看，就会发现纸后面还有玻璃，完全没有纸拉门那种柔软温润的感觉，让人心生厌烦。最后我只得懊悔道："要是当时只装个玻璃门就好了！"别人见了，或许会笑话我太过纠结，可是自己若不做到那个份儿上，是不肯轻易放弃的。

近来电灯也多了许多样式，比如行灯[①]式的、提灯[②]式的、八角式的、烛台式的，等等。市面上有不少样式都很符合日式房间的氛围。但我仍不满意，于是跑到二手家具店里，淘来一些过去的煤油灯、明行灯[③]和枕行灯[④]，自己装上灯泡。 除此以外，暖气的设计也费了不少工夫。这是因为像火炉之类的物品实在很难与日式房间的氛围保持一致，而且煤气炉燃烧时还会发出“嘭嘭”的声音。因为不想装烟囱，所以这件事情着实令我苦恼许久。从这一点来看，电炉虽然比较理想，但其样式终究还是差强人意。虽然把电车中使用的加热器装到地橱里也是一个办法，不过看不到红色的火苗，冬天就少了些氛围，家人也缺少了团圆的机会。因此，我想方设法建了一个农家常用的大炉子，在里面填上电碳。这样一来，不仅可以烧热水还能给屋子供暖，除了费用有些高以外，样式上起码是成功了。一来二去，暖气的问题得到了解决，但浴室和厕所又成了一个令人头痛的问题。偕乐园的主人讨厌瓷砖，家里给客人用的澡堂是纯木制的。就经济性和实用性来说，贴瓷砖当然是再好不过。但若

① 灯具的一种。用木材或竹料制成方形或圆形框架，框架表面糊纸，底座板上放置油碟，然后点燃。

② 日本用于携带的灯火照明用具。灯中以蜡烛为光源，细竹片卷成螺旋状作为外框，再糊上纸，可以折叠。

③ 夜行时使用的一种行灯。

④ 夜晚就寝时放在床边的一种行灯，造型多为小立方体。

是天花板、厅柱、护墙板全是日式风格，只有一部分地方贴着花里胡哨的瓷砖，就会破坏浴室的整体氛围。刚建好的时候还算说得过去，但时间一长，墙壁和厅柱上的木纹就会显现出来。然而瓷砖还闪着白亮亮的光，就像木头上接了竹子一样奇怪。不过为了个人的喜好，牺牲几分实用性，浴室也就建好了。但一到厕所，更棘手的问题就来了。

我每次到访京都、奈良的寺院，都会感叹于日式建筑的可贵之处。只见那昏暗的厕所被打扫得干干净净，处处充满了古朴的韵味。茶室固然雅致，但厕所更能抚慰人的神经。日式厕所一定会远离主室，藏在一片绿叶青苔之中。我顺着走廊来到这里，蹲在一片晦暗中，那微弱的光线透过障子门反射到我的脸上，带我来到冥想的世界。当我眺望窗外景色之时，内心便思绪翻涌。夏目漱石先生将每天清晨的如厕当成一种乐趣，其实这更像一种生理性的快感。只有在日式厕所里，我们才能尽情体会到这种快感。那里有静谧的墙壁，秀丽的木纹，抬头便能望见蓝天与绿叶，没有比这里更加酣畅淋漓的地方了。

我必须反复强调的是，某种程度上的昏暗与彻底的洁净，还有蚊声入耳般的静谧，都是不可或缺的条件。我喜欢待在厕所中倾听淅淅沥沥的雨声。特别是关东地区的厕所，地板上有个细长的垃圾口，透过小口就能清晰地听到雨水从房檐、树梢滑落的声音。雨水顺着石灯笼不断滴下，打湿了脚踏石上的青苔，最后渗透于土壤之中，那寂静的声音似乎回响在耳畔。处在日式厕所里，我们能听到虫鸣鸟叫，也能欣赏月之洁白，四季之变换。恐怕古时就有许多俳句诗人在这里获得了创作灵感吧。可以说，厕所是日本建筑中最为雅致的地方。我们的祖先赋予身边事物以诗意，将住宅中最为污秽的地方变为雅致之处，又将厕所与花鸟风月之属联系起来，将它包裹在一片怀旧的联想之中。西方人总觉得厕所极其肮脏，在大庭广众下更是只字不提。我们的祖先就高明许多，深得风雅之精髓。硬要说些缺点，只能说厕所离主屋太远，夜中如厕多有不便，冬天容易染上风寒。正如齐藤绿雨[1]所说："风流自寒生。"这种地方就是要与外界一样寒冷，才让人畅快。

酒店里的西式厕所，总飘荡着一股水蒸气，令人厌烦。喜欢建造茶室的人，都觉得这种日式厕所最为理想。像寺院这种院大人少的地方，打扫起来不是那么困难。然而普通住宅，要想时常保持清洁可就没那么容易了。如果地板是木制或铺着榻榻米，家里又有许多礼仪规矩，即使打扫得再勤劳，也很容易堆积污垢。安装净化装置虽然卫生省力，但也与花鸟风月之类的风雅之事彻底无缘了。

---

① 日本明治时期小说家、评论家、随笔家。

如果日式厕所像西式厕所那样光亮耀眼，一片洁白，那么夏目漱石先生所提到的生理性快感也就很难体会到了。所见之处光洁如新的确能给人以清洁之感，但毕竟是身体排泄物的去处，倒也不必如此计较。不管是多么冰清玉洁的美人，若是在众人面前露出臀部和脚掌，也会让人觉得十分失礼。同样的道理，把厕所建造得如此明亮，只会让人觉得不适。看得到的地方干干净净，总会使人联想看不到的地方。果然，厕所之类还是要处在一片昏暗之中，最好能让人分不清哪里洁净哪里肮脏，尽量去模糊它们的界限。

因此，我在建造自家房屋时，虽装了净化装置，却没有贴一片瓷砖。地板则选用楠木材质，营造出日式氛围。这里最让我头疼的当属便器。众所周知，冲洗式便器大多通体洁白，上面还装着闪闪发光的金属把手。按照我自己的想法来说，无论男用还是女用，便器还是木制最好，涂蜡的最为上乘。时间一长，木制便器就会自然发黑，木纹也变得更有魅力，具有安抚情绪的神奇魔力。若是男女分开，便可以在木制的男士便器中填些杉树叶子，这样既好看又没有声响，可以说相当理想了。这些奢侈之事我虽无力享受，但至少要选用符合自己喜好的便器。于是，我就想试试水洗式的便器，但定做起来既花时间又费金钱，最后只得放弃。那时我便想到这样一个问题：无论是电灯、暖气还是便器，使用这些文明利器的确无可厚非。但为什么我们不能对其加以改造，让这些东西更符合我们的习惯与生活呢?

现在行灯式的电灯之所以流行起来，是因为我们再次意识到了“纸”的柔软与温润，意识到行灯式的电灯要比玻璃灯更符合日式房屋的情调。但现在，市面上符合日式氛围的便器和暖炉却依旧很少。设计暖气时，像我这样在暖炉中放入电碳最为稳妥。不过即使是这样简单的构思，也鲜有人尝试（有一种寒酸的电气暖炉，基本派不上用场，和普通的火盆没什么不同），市面上兜售的净是些样子不好看的西式暖炉。不过，要是衣、食、住、行这样的小事也要一一确认，实在过于奢侈。有些人认为只要房子能抵御严寒酷暑，不用忍饥挨饿就足够，哪管房间的样式和情趣。事实上，不管如何忍耐，在“大雪纷飞，寒气逼人”的日子里，只要面前有些能够取暖的器具，也就顾不上风流不风流，心里剩下的只有感激了。这样看来，如果日本拥有与西方完全不同的、独立的科学文明，那么现在的社会就会发生翻天覆地的变化吧?比如说，如果我们拥有独立的物理学、化学，并依此创造出独特的技术与工业体系。那么我们平日里用的机器、药品、工艺品都会更符合我们的性格吧?不，恐怕我们对物理学、化学的看法也会与西方人有着本质不同。就连光线、电气、原子的本质与性能，也将与我们现在学习到的一切迥然不同，呈现出一种别样的姿态。

我并不了解理论上的事情，只是在天马行空地想象。但至少，实用型的发明会更具独创性。衣食住行的方式自不必说，甚至我们的政治、宗教、艺术、经济都会受到极大的影响。可以预见的是，日本将会闯出一派别样的新天地。就拿一个身边的例子来讲，我曾经在《文艺春秋》上发文比较钢笔和毛笔的优劣。假如钢笔是日本人发明的，那么笔尖就一定是毛笔而不是钢笔笔尖。墨水也不再是蓝色，而是一种近似墨汁的液体。日本人还会想方设法让墨汁从笔身流到笔尖。这样一来，西洋纸用起来就多有不便。如果要实现量产，那么近似和纸的改良半纸[①]就会成为主角。如果纸张、墨汁、毛笔都像这样得以发展，那么钢笔和墨水也就不会像今天这样流行了吧？这样一来，罗马字论也不会大行其道，人们会更加喜爱假名和汉字。不，不止于此，我们的思想和文学或许也无须模仿西方，能够开辟出一片属于自己的新天地。如此想来，虽只是小小的文具，其影响却难以估量。

不过这些思绪只是小说家的空想，我深知社会发展到了今天，也就无法从头再来。所以我所说的事情，更像是天方夜谭，只是一些牢骚话罢了。牢骚归牢骚，总之，我们与西方人相比不知道吃了

① 整张纸切成两半后使用的普通日本纸。

多少亏，这是一个值得考虑的问题。也就是说，西方沿着正确的方向顺利发展到了今天。与此相对，我们一遇到优秀的文明就要不停地学习，现在的发展方向更是与过去数千年的进程完全不同。这样一来就产生了许多不便和障碍。不过，如果我们将自己封闭起来，无论是五百年前还是今天，日本在物质上都不会取得很大进步。如果现在到中国和印度的乡下，你就会发现那里的生活与孔子和释迦牟尼的时代并无二致。但那至少是一条适合自己的道路，即便有些缓慢，他们依然在一点一滴地进步。或许未来我们可以寻找到适合自己的文明利器，不用假借他人之手，就能实现电车、飞机和无线电的革新。

举个例子，就拿电影来说，美国、法国和德国的电影在画面明暗和色调上均有不同。先不谈演技和剧本，单从摄影上就能看出不少国民性格方面的差异。即便使用同一台机器、药品和胶卷，成品还是各有不同。如果我们拥有自己的照相技术，那么拍摄出的画面一定能很好地衬托我们的皮肤、容貌还有气候风土。无论是收音机还是无线电，如果由我们来发明，就能够更好地体现我们在声音和音乐方面的优点。本来我们的音乐比较含蓄，还很重视情绪，如果将它制成唱片，再用喇叭放大，也就失去了大部分魅力。再看说话方式，我们声音小，话也不多，而且十分重视“间隔”，然而机器直接杀死了“间隔”。可以看出我们在迎合机器的同时，正不断扭曲着自己的艺术。这些诞生于西方人之手的机器，自然符合他们的艺术需求。从这一点来看，我们着实吃了不少亏。

听说是中国人发明了纸。于我们看来，西洋纸只是一种单纯的实用品，但唐纸[①]与和纸[②]却给人一种温润沉静的感觉。明明都是白色，西洋纸的白与奉书纸[③]和白唐纸[④]的白却完全不同。西洋纸会反射光线，而奉书纸和唐纸却如柔软的初雪一样，将丰润的光线吸纳其中。这样的纸张触感柔和，折叠起来没有丝毫声响，就像碰到树叶一般寂静、湿润。事实上，我们只要看到闪闪发光的东西，就会觉得难以平静。西式餐具多为银质、铁制或镍制，个个都擦得晶莹透亮。然而，日本人却十分讨厌发光之物。当然我们也会使用银质的水壶、杯子和酒壶，却不会像西方人那样擦得闪闪发亮。那些在时光的淘洗下失去光泽、表面发黑的器物反倒深得我们的喜爱。几乎每个家庭都有过这样的事：笨拙的女佣好不容易将生锈的银器打磨得闪闪发亮，却反被主人训斥一顿。近来盛放中国菜的餐具多为锡制，但中国人更钟情于古香古色的器具。崭新的器具类似铝制，

① 唐纸，又称花纹纸。由中国传入，日本在中古时期用来写信或装饰，中世以后多用于糊隔扇。

② 日本纸，采用日本传统制法制造的纸。

③ 用桑科植物的纤维加白土等材料手工制造的高级日本纸。

④ 纸呈米白色，纸性绵软，纸面较细腻。

没什么韵味，但中国人用起来，就会沾染上时代的风采，变得极为雅致了。那逐渐黯淡的表面与镌刻的诗文相得益彰，十分协调。总之，像锡之类浅薄光亮的轻金属，一到中国人的手上，就会变得与紫砂陶一般厚重深沉。

中国人素来热爱玉石。想来，那混浊的玉石之中似乎凝结着几百年的古老空气，直到最深处都闪烁着混沌的光芒，也许只有我们亚洲人才能感受到玉石的魅力吧。玉既不像红宝石和祖母绿那样色彩绚丽，也不像钻石那样耀眼夺目。我们最后也没有搞清楚，到底是什么令我们如此着迷。一看到那混浊的肌理，我们便知道这就是中国的玉石。中国人自古就喜爱这种色泽和物质，这一点倒无可非议。

近来日本从智利进口了许多水晶，与本土的水晶相比，智利的水晶更加清澈透明，没有一丝杂质。过去有一种甲州产的水晶，透明之中还带着氤氲，给人一种厚重之感。还有一种鬃晶[①]，晶石内部带着一些不透明固体物，而这些都是我们喜爱的对象。再看玻璃，中国有一种乾隆玻璃，那形态与其说是玻璃，倒更接近玉石或玛瑙。很久以前日本就掌握了玻璃制造术，但最终没能像西方那样发展起来，不过陶器技艺却在不断进步，我认为这与我们的国民性

① 具有针状、发状或纤维状矿物包裹体的无色透明水晶。

格有极大的关系。倒不是说日本人讨厌一切发光之物，只是比起那些浅淡锃亮的器具，我们更喜欢深沉、昏暗的东西。不管是天然的玉石，还是人工的器物，那其中必定包含着让人联想到时代光泽的混浊微亮。人们常说“时代之光泽”，其实指的就是手垢形成的光亮。中国人称“手泽”，而日本有“习润”一语。手指长时间在一个地方反复触碰，皮肤的油脂自然而然地渗透其中，就形成了光泽，其实就是手垢。警句有云“风流自寒生”，而与此同时“风流即污秽”的说法也是成立的。

无法否认的是，我们所喜爱的“雅致”中确实包含着几分不洁不净的因子。西方人总想着把污垢连根除去，而日本人却将其珍藏并加以美化。要说句不服输的话，人身上的污垢、油烟以及风雨留下的痕迹，甚至能让人联想到污秽的颜色和光泽，这些都是我们喜爱的对象。只要住在昏暗的房间中，用着黯淡的器具，我们的心就会神奇地平静下来，全身也得以放松。有时我就在想，医院的墙壁、手术服还有医疗器械要是给日本人用，最好不要选用一些闪闪发光、过于煞白的东西，换上一些暗淡柔和的物品或许更好。如果墙壁是砂质，患者能躺在榻榻米上接受治疗的话，情绪一定会更加稳定。我们不喜欢看牙医，一是受不了那声音，二是因为玻璃和金属制的发光之物过多，让人心生胆怯。我有段时间神经衰弱得厉害，一听说有位牙医从美国带了许多先进仪器回来，顿时觉得毛骨悚然。我喜欢到落后于时代的牙科诊所看病，诊疗室就设在乡下小镇的传统日式房间里。不过这些上了岁数的医疗器具有时也令人不安，如果近代医学能够在日本得到发展，那么病人使用的设备和机械也能更加符合日式房间的氛围吧。这就是我们借助别物反而吃亏的一个例子。

京都有一家名叫“草鞋屋”的餐馆，店内没有电灯，直到最近还在用旧式烛台照明。今年春天我再次来到这里，却发现店内已经换上行灯式的电灯。我有些好奇，便问店家是何时开始的。对方说：“去年就用上了，许多客人抱怨烛光太暗，于是换了电灯。不过有些客人还是喜欢原来的样子，我们就再换上烛台。”此次我是专程为烛光而来，于是就麻烦店家换成了烛台。那时我便觉得，只有处在朦胧的昏暗之中，日本的漆器才能显现出本来的魅力。

草鞋屋的会客厅是个四叠半大小的精致茶室，因为厅柱和天花板都黑黝黝的，即便换上行灯式的电灯也觉得昏暗。如果换上光芒更加微弱的烛台，在闪烁的烛光里凝视阴影中的饭菜与餐具，你便会发现这些漆器的光泽如同沼泽一般深沉、厚重，展现出与以往迥然不同的风采。原来，我们的祖先发现漆这种涂料、喜爱漆器的色泽并非偶然。我的朋友赛巴尔瓦尔曾说，印度人不屑使用陶制餐具，就餐时多用漆器。而日本人恰恰相反，除了举办茶会、仪式、盛菜盛汤时会用到漆器，其他大都使用陶器。一提到漆器，大家便觉得它不够雅致，没有风韵。其实，是采光和照明设备带来的“光亮”，让漆器失去了魅力。事实上，“黑暗”是欣赏漆器之美的必要条件。现在也有了白漆之类的东西，但古时候的漆器大多是黑色、茶色或红色。这些颜色是“黑暗”不断堆积后形成的颜色，是弥漫在四周的暗黑下的必然产物。有时，我们看到绘有绚丽泥金画[①]的涂蜡手提箱、文几和置物架，就觉得那花里胡哨的颜色让人心绪不宁，十分恶俗。如果用黑暗填满周围的空白，再用一支蜡烛或零星灯光代替太阳或电灯的光线，那花里胡哨的颜色顿时便沉浸到黑暗深处，变得晦涩、厚重。古时，工匠在制作漆器、绘制泥金画时，一定会在脑海中描绘出一间黑暗的房屋，好让漆器在光线不足的房间中也能绽放光彩。他们大量地使用金色，让漆器在黑暗中显露出来，在烛光的照耀下熠熠生辉。也就是说，鉴赏泥金画不能在过于明亮的场所。只有来到昏暗中，才能发现漆器的各部正逐渐透露出微弱的底光。那豪华绚烂的模样大都隐匿在黑暗之中，酝酿出难以言说的余韵。漆器若是置于暗处，那闪闪发光的肌理便在火苗的照耀下忽隐忽现，预示着风的到来，带人进入安静的冥想

---

① 日本独特的漆器工艺，用漆在器物表面描绘花纹，绘画的颜料常为金粉、银粉。

世界。如果阴森的室内没有漆器，那么烛火交织出的光怪陆离的梦幻世界，与灯光闪烁下的夜之脉搏都将不复存在。那场景就像榻榻米上流淌着几条小河，又像各处蓄满了池水。灯影四处窜动，传递着细密幽静的气息，在黑暗的夜色里编织出如泥金画般绚烂的绫罗绸缎。

话说回来，虽然陶器作为餐具并不算差，但其不像漆器那样饱含阴翳、厚重深沉。陶器摸上去又冷又重，再加上传热较快，盛热食时多有不便，有时还会发出叮叮当当的响声。与此相对，漆器手感轻柔，响声轻微。拿着汤碗时，手掌便能感受到汤汁的重量。那温暖的感觉，好似手中捧了一个刚出生的婴儿，着实令我着迷。汤碗至今沿用漆器，完全有其理由所在，看来陶器终究比不上漆器。首先，陶器在取盖时，便能看见汤汁的内容和色泽；而漆器汤碗，取盖后只有送到嘴边才知道内容。那汤汁静静沉淀于碗中，颜色与黑暗幽深的容器并无二致。虽看不见碗中到底盛着何物，我们却能感受到汤汁在微微晃动，握着碗口的手也会微微出汗。汁水虽未入口，那蒸腾的热气便透露出它的味道。那种感觉与西方将饭菜盛放在白色浅口盘中的心情大有不同。那是一种神秘，也是一种禅味。

汤碗摆放在面前，那细微的响声便回荡在耳畔。我听着那宛若遥远虫鸣般的响声，沉浸在对食物味道的想象里，好似进入了无我之境。据说茶师听到沸水滚动的声音，便能联想到尾上神社的松间清风，从而进入一种忘我的状态，或许我的心情与其类似吧。人们常说日本料理是用来欣赏的，不是用来品尝的，而我却觉得日本料理是用来冥想的。

那是一种闪烁在黑暗中的烛火与深沉的漆器合奏而成的无声音乐。过去夏目漱石先生曾在《草枕》中对羊羹的色泽赞不绝口。说起来，羊羹的色泽就充满了冥想的韵味。那肌体总是如同玉石般朦胧透明，似乎要将所有的日光都吸入深处，到处充斥着如梦如幻的明亮色彩。然而，西式点心完全不像羊羹那样深邃复杂。再看奶油之类，那该有多么的浅薄、单调啊！颜色深沉的羊羹一旦放入漆器盘中，便马上坠入黑暗深处，让人着实难以分辨。但这样一来，更带上了冥想的色彩。当我们把这冰凉柔滑的点心放入口中之时，就像在品尝室内的黑暗，任凭那甘甜的块状物在舌尖融化。这样一来，味道不佳的羊羹也因为那股异样的深邃，变得更具风情。

无论哪个国家都会想方设法地让料理的色泽与餐具、环境的颜色统一起来。日本料理若是放在明亮之处、盛在洁白的餐具里，就顿时让人没了胃口。比如我们每天清晨都会喝的红色味噌汤，只要看到那汤汁的颜色，就知道它一定产生于昏暗的环境之中。有一次我参加茶会，主人上了一道味噌汤。那褐红色的汤汁与平日里吃的并无不同，可是在黯淡烛光的照耀下，沉淀在黑漆碗中的汤汁立刻变得浓郁可口起来。

再看酱油，上方地区[1]的居民食用刺身、腌菜和烫拌青菜时，会用到一种浓稠的“酱油”。那富有光泽的黏稠酱汁是多么饱含阴翳，又与黑暗相协调啊！像白味噌、豆腐、鱼糕、山药汁、白刺身之类的白色食材，一旦放在明亮的环境中，就会变得毫不起眼。就拿米饭来说，如果放在闪闪发光的黑漆饭桶中并置于暗处，米饭就会更加美丽，令人垂涎欲滴。白米饭刚刚出锅，一取下盖子，暖乎乎的水蒸气便跑了出来，那一粒粒的大米如同珍珠一般浮现在黑色的饭桶之中。目睹到这一幕，又有谁不觉得米饭珍贵呢？想来便知，我们的料理以阴翳为基调，并与黑暗有着千丝万缕的关系。

我对建筑的种种一概不知。人们常说西方教堂的哥特式建筑美就美在那高耸入云的塔尖。而与此相对，日本大寺院的建筑物上总是罩着一个巨大的屋顶，长长的屋檐将整个建筑包裹在深邃宽阔的阴影中。不仅是寺院，就连宫殿和平民的住宅，从外观看起来最显眼的，也是用瓦片或茅草修葺而成的巨大屋顶，还有弥漫在屋檐下的浓重黑暗。有时即使是白天，屋檐下也如洞穴入口一般深邃漆

① 京都及大阪一带。

黑，根本看不见入口、大门和柱子。无论是知恩院、本愿寺之类的宏伟建筑，还是偏僻乡村里的草舍农家，都是如此。过去的许多建筑，屋檐下的部分与屋檐上的部分相比，总是屋顶显得更重，堆积在一起似的占去很大一片面积。如此一来，我们建造住宅时，总是先将屋顶这把大伞撑开，在一片阴影之中建造房屋。当然不是说西方的住宅就没有屋顶，但其主要是为了遮风避雨，而不是为了减少光照。因此西方人总是尽量缩小阴影的面积，好让更多的阳光照进室内。其实看到建筑的外形，就能理解这一点。

如果将日式房屋的屋顶比作一把伞，那么西式建筑的屋顶就是一顶帽子，还是一顶鸭舌帽。西方人尽可能地缩小屋檐，好让阳光直射进来。不过，日式房屋的屋檐深长，也与气候风土、建筑用材等等有着千丝万缕的关系。因为建造房屋时，日本人不会使用砖瓦、玻璃和水泥，因此要想抵御狂风骤雨，就必须将屋檐加深。即便对于日本人来说，明亮的房间也要比昏暗的房间方便许多，但还是不得不那样生活。实际上，美诞生于生活的一点一滴之中。我们的祖先被迫住在昏暗的房间里，但是他们却在不经意间发现了阴翳的美丽，并最终学会用它创造美。事实上，日式房间的美就在于阴翳的浓淡，除此之外别无他物。西方人有时会震惊于日式房间之朴素：房间中只有灰色的墙壁，此外没有任何装饰。

他们之所以无法理解日式房间之美，是因为他们没有揭开阴翳的奥秘。为了遮蔽日光，我们甚至在房间外侧建造了带有屋檐的走廊。这样一来，黯淡的日光只能经过庭院的反射，透过障子潜入室内。然而，日式房间之美，就在于这间接的黯淡光线。为了让那寂静、缥缈又无力的光线悄悄渗进墙壁之中，我们故意将砂壁的颜色涂浅。这样一来，仓库、厨房和走廊就会显得更亮。日式房间的墙壁若是涂成浅色则很难反射光线，即使有光照射进来，也总带着一股黯淡、柔弱之感，不一会儿就消失殆尽。那虚无缥缈的室外光线，只能紧紧附着在黄昏色的墙壁上苟延残喘，而我们就以这种纤细的光亮为乐。对我们来说，这墙壁上的明亮与晦暗胜过世上的一切装饰，百看不厌。为了不扰乱光影的搭配，砂壁必然要涂成单色。每个房间的墙壁底色都稍有不同，但那区别几乎微不可察。与其说是颜色有别，不如说只是浓淡有些许差异，仅根据观赏者的心情有所不同。墙壁呈现出的不同颜色，使每个房间带上不同色调的阴翳。

日式房间的壁龛里常常装饰着挂轴、插花，不过这些东西绝不是装饰的主角，它们是为了突出阴翳层次才存在的。我们选择挂轴时，最重视的就是挂轴能否与壁龛保持协调，即拥有“衬托”效果。与此同时，裱褙[①]的纹样与书画的巧拙同样重要。如果“衬托”

① 用纸或丝织品做衬托，来装裱字画、书籍，或加以修补，使之美观耐久。

效果不佳，无论书画多么有名，都不适合做挂轴。一幅独立的书画作品即便不是什么旷世名作，只要符合房间的氛围，就能使整个房间一下变得立体起来。要说这其貌不扬的作品到底哪里与房间协调，我想这肯定与纸质、墨色以及裱褙裂痕具有的古朴韵味有关，就是这些因素使得壁龛与房间的晦暗相得益彰。我们探访京都、奈良的古刹时，常常能看到被奉为寺院之宝的挂轴装饰在幽深书院的壁龛深处。即使是白昼，那里也十分昏暗，根本无法看清挂轴上的字画。因此，我们只能一边听向导说明，一边顺着几近消失的墨迹，在脑海中描绘出它精美的模样。然而这样模糊的古画却与昏暗的壁龛十分协调，那不够清晰的图案不仅不成问题，反倒让人觉得模糊得恰到好处。其实，这里的画与砂壁的作用完全相同，只是一个用来承接缥缈微光的雅致的“面”，这也是我们在选择挂轴时如此重视“时代感”与“幽静韵味”的原因。所以即使是水墨或淡彩的新画，一不留神也会破坏壁龛的阴翳。

如果将日式房间比作一幅水墨画，那么障子门便是墨色最淡的部分，壁龛则是着墨最深的部分。每当在客厅里看见如此风流雅致的壁龛时，日本人对阴翳奥秘的理解之深、光影运用之巧妙，总是令我赞叹不已。实际上，这里也不存在什么特别的设计。其实，秀丽的木材和墙壁构成了一个凹陷的空间，外部光线照射到此处后就形成了一个个朦胧的暗影。有时落悬[1]后方、插花周围、置物架下方的黑暗虽平淡无奇，却仍然带有一种恒久不变的闲寂和沉静，让人心驰神往。想来西方人所说的“东洋秘密”，指的就是黑暗中这股令人毛骨悚然的寂静吧。年少时，若是看到日光照射不到的茶室或书院壁龛，我便觉得有一股不知名的恐怖和寒冷袭来。那神秘的钥匙到底在何处呢？若是挑明了说，其实这都是阴翳的魔法。如果把每个角落里的阴影都驱逐出去，那么壁龛就会立刻变成一片空白。我们天才的祖先任意遮蔽这虚无的空间，创造出了一个阴翳的世界，这要比任何一幅壁画或装饰都更具幽玄韵味。这种技巧看似简单，实则不然。比如说壁龛侧壁的雕刻方式、落悬的深浅、护脚横木的高低，这背后都隐藏着无数肉眼看不到的心血。有时，我站在书房的障子门前，便被那明晃晃的亮白吸引，一直站在原地观赏，任凭时间流逝。原本书房这种地方，专门为了读书设置了采光窗。不过这小窗却不知何时成了壁龛的采光通道。而且与其说是采光，不如说它起着过滤的作用，适当弱化了侧面的光线。

那反射在障子门内侧的光线，是多么的寒冷、凄清啊！庭院的阳光潜过屋檐，穿过走廊，最终才能抵达这里。这时它像失去血色一般，再也无力照亮房间，只能微微照亮障子门。我时常矗立在障

①位于壁龛或书斋窗户正上方的横木。

子门前，观察那光亮却不刺眼的纸面。大寺庙的房间与庭院相隔甚远，因此光线也更加浅淡。无论春夏秋冬、晴天阴天、早晚正午，那灰白的颜色几乎没有任何变化。令人惊讶的是，那些排列在障子门上的密密麻麻的纵向格子里，似乎永远堆满了如同灰尘一般的阴影，它们总是纹丝不动地附着在纸面上。那如梦般的明亮令我十分惊奇，我不停地眨着眼睛，总感觉有一些朦胧的东西遮住了视线。

那反射到灰白障子纸上的光线，再也无力驱赶壁龛间的浓重黑暗，最终被黑暗反弹回来，形成了一个明暗交界模糊不清的混沌世界。当各位走进这日式房间，必然能感觉到房间中的光线与普通光线的差异，那感觉独特又沉重，它会让你忘却时间的流逝。不知不觉踏出房间时，你已成为白发苍苍的老人，这样一想似乎就不得不对“悠久”产生一种恐惧之情。

各位是否曾走进那庞大的建筑，前往那深不见底处的房间？那里与庭院相隔甚远，外界的光线完全无法照进室内，金隔扇、金屏风处在一片黑暗之中。各位是否曾见到它们捉住那庭院的微弱光亮，如梦一般将其反射回去？那反射的光亮宛如傍晚的地平线一般，将微弱的金色余晖投射到周围的黑暗里。我想就连黄金也不具备如此沉痛的美吧！经过时，我频频回望那金隔扇与金屏风。从正面走到侧面时，我看到那金色纸面上有底光缓缓铺展开来。那绝不是忽明忽暗的仓促一瞬，而像是巨人变脸般光彩夺目、久久不散。金色纸面上反射着的柔和光线似乎昏昏欲睡，它们顺着侧面铺展开来，那熊熊似火的样子十分耀眼。这样昏暗的地方居然集中着如此之多的光线，真是令人不可思议。

直到那时，我才明白古人为佛像涂金、用黄金装饰贵人闺房的意义。现代人住在明亮的房屋中，自然不懂得黄金的美丽。古人生活在昏暗之中，所以他们不仅痴迷于那美丽的颜色，还在很久以前就掌握了黄金的实用价值。这是因为在昏暗的室内，黄金能更好地反射光线。也就是说，古人不是为了追求奢侈才使用金箔和金粉，而是为了增加室内光照。银和其他金属上的光泽很容易消退，但黄金却能持久地照亮室内。由此来看，也就不难理解黄金为何如此宝贵了。我在前文中提到，泥金画在创作之初就考虑到了房间的晦暗。看来，过去的编织物中大量使用金线和银线，想必就是这个道理。僧侣们所穿的金缕衣就是个很好的例子。现在城镇中的许多寺院都向公众开放正殿。那里大多十分明亮，满眼都是些令人眼花缭乱的东西，无论高僧如何圣贤，都穿不出袈裟独特的感觉。偶尔碰上置办传统法事的古寺，你就会发现那满脸皱纹的老僧、佛前忽明忽暗的灯火，还有金缕衣的质地，所有的一切都是如此地协调而庄严。袈裟同泥金画一样，那华丽的图案几乎都隐匿在黑暗中，只有金线和银线会不时地闪烁光芒。

我个人认为，能乐[①]演出用的服饰最衬托日本人的皮肤。无须多言，能乐服饰大都十分华丽绚烂，金银的使用量很大。而且能乐演员不会像歌舞伎一样在脸上涂满白粉，而是裸露着日本人特有的赤褐色或黄象牙色的皮肤。每次我都不由得赞叹，感觉世上没有比能乐更具魅力的事物了。不仅是带有金线和银线或缝着刺绣的内褂，就连深绿或柿色的素袄、狩衣以及白色的窄袖便服、大口裤，也十分符合演员的气质。偶有美少年登台，只见那细腻的肌肤、年轻又富有光泽的脸庞在服饰的衬托下更加耀眼，散发出一种与女性不同的魅惑感。由此看来，古代大名沉溺于娈童的姿色不无道理。然而，无论是历史还是演出服的华美程度，歌舞伎[②]都毫不逊色于能乐，在表现“性魅力”方面也比能乐更强。但如果经常观看演出，你就能察觉到想象与事实完全相反。初看，歌舞伎确实更加性感、华丽。但今时不同往日，现代舞台几乎全都采用西方的照明装置，那过于艳丽的色彩往往恶俗且令人生厌。

服饰是这样，妆容亦是如此。即使化得再美，终究是一副虚假的面孔，歌舞伎既不生动又缺乏实感。但能乐就完全不同，演员无论是脸庞、衣襟还是手势都不加修饰，力求自然。那眉眼之间皆是本来的表情，绝不会欺骗观众。能乐演员更接近花旦或小生，不会

① 日本中世艺能中包含舞蹈和戏剧要素的艺术形式。

② 江户时代形成的日本代表戏剧。

让观众觉得无趣。这些与我们肤色相同的演员身着武家时代[①]的华丽服饰，乍一看并不合身的服装却将他们的容貌衬托得无比美丽。我曾见金刚严[②]先生在能乐《皇帝》中扮演杨贵妃，那袖口中若隐若现的双手至今令我难以忘怀。

我欣赏着他的手，又看了看自己放在膝上的手，陷入了沉思。或许是从手腕到指尖的微妙动作和独特的手法，才使那双手看起来如此娇艳动人吧。即便如此，我还是讶异于那如同从肌肤内部散发出的光泽，真不知道它到底来自何处。不管怎么说，那只是一双普通日本人的手，肤色与我放在膝上的手别无二致。我不断观察着自己与金刚严先生的手，可不管怎么看都找不出不同。然而令人不可思议的是，那双手登上舞台后就变得妖艳无比，而自己膝上的这双手却平淡无奇。

这种情况并非只这一例。能乐表演中，演员的肌肤只有一小部分露在外面，大概是脸、脖子以及手腕到手指的这一块，演绎杨贵妃时甚至要戴上面具来遮住脸庞。然而，就是这裸露出的一小部分肌肤，给我留下了极其深刻的印象，金刚严先生尤为如此。那普普通通的手，到了舞台上却散发出惊人的魅力，与身穿现代服装时给人的感觉完全不同。我还要再强调一下，这绝不仅限于美少年和美

① 在日本由武家执政的时代，大致从镰仓时代到江户时代。

② 能乐师，属金刚流派。本名岩雄，生于京都。

男子演员。比如，平时我们绝不会被普通男子的双唇吸引，但到了能乐的舞台上，那略微暗沉、湿润的红色肌肤比涂了口红的妇人更具黏腻的肉感。或许是演员为了唱歌一直在用唾液湿润双唇，不过并非只有这个缘故。

少年演员脸颊泛红时，那红色也非常显眼。就我个人经验来看，演员在身着绿色系服装时，面部的红色最为醒目。肤色白的少年自然如此，实际上黑色皮肤会使那抹红色更加显眼。如果肤色较白，红白对比过于强烈，色调稍暗的服装也就黯然失色。而黝黑的皮肤不会使红色过于突出，那暗褐色的脸颊能更好地衬托出服装。暗绿色与茶褐色这两种中间色相互映衬，使得黄种人的肌肤更引人瞩目。我不知道是否还有其他事物能够制造出如此和谐的色调，如果能乐也像歌舞伎那样采用现代照明装置，那美感也会随着强烈的光线烟消云散吧。所以，舞台如果沿用原来昏暗的样式，就要遵守一定的规矩才能发挥出应有的效果。比如，建筑物越旧越好，地板要散发着自然的光泽，柱子和壁板必须黝黑发亮，那从房梁到屋檐之间的黑暗，要像巨大的吊钟罩在演员的头上，这种舞台才是最为合适的。从这一点来看，能乐最近经常登上朝日会馆和公会堂的舞台，虽是好事，却也失去了大部分神韵。

话说回来，附着在能乐上的晦暗与其孕育出的美感构筑成的特殊的阴翳世界，如今只有在舞台上才得以呈现，而过去它却与日常生活息息相关。其实能乐舞台就源于古代昏暗的住宅，服装也同当时贵族和大名的服饰相差无几，只不过是稍稍华丽了些。说到这里，我便沉浸在这样一种思绪中：与今日的我们相比，过去的日本人——特别是战国时代①与桃山时代②衣着华丽的武士们，该多么的俊美啊！可以说，能乐将我们男性同胞的美展现得淋漓尽致。过去驰骋在战场上的古代武士历经风雨的洗礼，他们颧骨突出，黝黑的脸庞中带着赤红，身着素色或富有光泽的素袍③，那样子是多么的凛然霸气！观赏能乐的人多少会沉浸在这种联想之中，欣赏演技之余还带点怀旧的思绪，感叹曾经存在过的充满色彩的舞台世界。

与此相对，歌舞伎的舞台却十分虚假，与我们提到的真实美感相去甚远。男性美自不必说，女性美也很难通过现在的舞台展现出来。能乐中的旦角大多需要佩戴面具，给观众一种距离感，但歌舞伎中的旦角也让人觉得很不真实。这都是由于舞台过于明亮，在没有现代照明设施的时代，剧场全靠蜡烛和油灯的微弱灯光来照亮，那时的旦角或许能更加真实一些。说起来，人们时常抱怨现在歌舞伎里的旦角失去了过去的风采，我觉得这不能完全归咎于演员的演

① 日本史上指从应仁之乱至1568年织田信长入京的混乱时代，各地战争不断。

② 16世纪后半叶，丰臣秀吉掌握政权的时代。

③ 一种方领无徽、带胸扣的武士便服。

技和容貌。若是过去的旦角站在如今这样明晃晃的舞台上，那男性特有的硬朗线条也马上会一览无遗。在过去，昏暗会为我们适当地调和这些东西。

当看到衰老的梅幸[①]扮演阿轻[②]时，我一下子颇有感触：原来正是这些过多无用的照明装置杀死了歌舞伎的美感。听大阪的内行人士说，即使到了明治年间，文乐座[③]的人偶净琉璃[④]还点着煤油灯，那时候的做法可比现在有风情得多。直到现在我也认为，人偶中的女性角色比歌舞伎中的旦角还要更加真实。在昏暗的灯光下，人偶粗硬的线条几近消失，发光的粉底变得模糊，这该是一幅多么柔和的景象啊！我茫然想象着过去惊艳的舞台，不禁背后一冷。

众所周知，人偶净琉璃中的女人偶只有脸和手露在外面，身体和脚尖都包裹在长长的衣摆里。操纵者只需将手伸进人偶内部，就能展现各种动作。过去的女性也是如此，她们只有脖子以上、袖口以下裸露在外，其他部分都隐藏在黑暗中。当时上流阶层的女性很少外出，出门时则躲藏在轿子里，绝不轻易抛头露面。她们深居闺房之中，不管白天黑夜总是包裹在黑暗里，只把脸露在外面。再

① 尾上梅幸六世，歌舞伎演员，活跃于明治至大正时代。

② 歌舞伎剧目《假名手本忠臣藏》中的角色。

③ 日本曾位于大阪的人偶净琉璃剧场。

④ 日本传统木偶剧的一种，在三味线伴奏下，表演者操纵木偶进行表演。

看服饰，过去男性的服装要比现在华丽得多，而女性却并非如此。旧幕府时代，商人的妻子、女儿穿着都十分朴素。衣服幻化成黑暗的一部分，成为脸部到黑暗的过渡环节。当时还流行一种叫“黑齿法”[1]的化妆法，女性用黑暗将脸以外的空隙统统填充起来，连口腔都不放过。

过去，只有在岛原角屋这类特殊的风月场所，才能看到现在这样美丽的女子。那么，过去的女人到底是什么样子呢？回想孩提时期，那时我住日本桥，我母亲常常坐在房间深处，借助庭院的微弱光亮做针线活。那大概是明治二十年代的事情，当时东京经商的人家大多住在昏暗的房子中，我的母亲、伯母，还有亲戚里几位上了年纪的女性，几乎都染着黑牙齿。她们平日里穿的衣服我记不太清了，但记得去别处时她们常穿灰色细纹和服。我母亲个子很矮，甚至不足五尺，那时的女子大多身材矮小。不，说得更极端一点，她们身上几乎没有肉体的概念。我对母亲的身体却完全没有印象，只依稀记得她的脸、手和脚。我突然想起，中宫寺观世音菩萨的胴体，不正是过去日本女性最典型的裸体像吗？那如纸片一般单薄的乳房附着在木板般平坦的胸膛上，腹部比胸部还瘪，直挺挺的背部和腰臀毫无曲线可言。与脸庞和手脚相比，她们的整个身子都过于

① 将铁泡在酒或茶水中，用浆液染黑牙齿。

瘦小，很不协调。那并不丰腴的肉体更像个上下一般粗的木棒，过去女性的胴体大多是这个样子的。

直至今日，我们也能看到有如此身材的女性。她们有些是旧氏家族的老夫人，有些是卖艺者。每每见到她们，我便想到人偶内部的木轴。事实上，她们就是穿着衣服的木轴。那些层层叠叠的衣服与棉物组成了她们的身体，若将这些衣物褪去，便只剩下一个丑陋的木轴。 然而，过去的人却以此为美，对于生活在黑暗中的女性们来说，一副苍白的面庞就已经足够，身体根本没有存在的必要。想来歌颂近代女性肉体明媚的人，应该很难想象过去女性身上那股幽鬼般的美。也有人说，昏暗光线制造出的美不是真正的美。但就像我提到的那样，日本人在虚无之中发现了阴翳之美。古诗云“集草于柴舍，四散归原野”，这正好说明了我们的思考方式。美并不存在于事物之中，而存在于物与物孕育出的阴翳里，存在于形状与明暗中。

这就好比夜明珠置于黑暗中就会大放异彩，放于白昼下便会失去魅力一样，美也是如此。若没有阴翳，美将不复存在。也就是说，我们的祖先将女性看作泥金画或嵌有螺钿的器物。与黑暗密不可分的她们几乎将整个身体都包裹在黑暗中，手脚隐藏在长长的衣袖与裙摆里，只有头部露在外面。那并不匀称的单薄身躯，确实不如西方女人优美。但看不见就是不存在，看不见的东西不会出现在想象之中。若硬要说它丑陋，那就好比拿着几百瓦的电灯来观察壁龛，自己将美驱逐出去了。

然而，日本人为何如此执着于暗中求美呢？西方也经历过没有电、煤气和石油的时代，或许是我孤陋寡闻，却从未听说他们喜好阴翳。从古时候起，日本的妖怪便没有脚，西方的妖怪虽有脚但全身透明。从这些小事就能发现，我们的想象始终带着一片黑暗。在西方，连幽灵也像玻璃一样明亮。在日用工艺品的喜好上，东西方也有明显差异。我们喜爱黝黑、黯淡的器物，西方人则钟情能反射太阳光线的透明器具。生锈的银器和铜器深得我们的喜欢，西方人却觉得很不卫生，一定要将这些器具磨得闪闪发亮。对于他们来说，房间也是越敞亮越好，天花板和墙壁都要刷得白白净净。我们会在庭院里种上许多树木，他们却喜欢铺上平整的草坪。那么，到底是什么造成了喜好的不同呢？

日本人乐于接受一切，喜欢安于现状且容易满足，对昏暗的环境也没什么不满。虽然光线不好，他们却潜伏在黑暗里，发现了自身的美。反观西方人，他们非常上进，总是在追寻更好的状态。于是，他们用煤油灯代替了蜡烛，又把煤油灯换成了煤气灯，最后发明了电灯。他们不断地追寻光明，一门心思地要把仅存的阴暗驱赶出去。

这大概源于气质上的差异，不过肤色也是原因之一。很久以前我们就认为白皮肤要比黑皮肤更加尊贵美丽，但白色人种的“白”与我们所说的“白”存在一定的差异。仔细观察每个个体，就能发现有的日本人比西方人还白，有的西方人比日本人还黑，不过二者白与黑的程度不同。拿我自己来说，以前住在横滨山手町附近时，我常和租界里的外国人一起游玩。我们一同出入宴会、舞会时，我常在一旁观察，总感觉他们没有想象的那样白。不过从远处看，一眼就能分清日本人和外国人。当然，日本人的礼服毫不逊色于他们，有些女士的皮肤甚至比他们还白。不过，他们之中若是站着一位日本妇人，从远处一瞧就能分辨出来。

日本人无论有多白，皮肤中总带着点淡淡的阴翳。为了不输给西方人，日本女人在背部、胳膊以及所有裸露的地方都涂上了厚厚的白粉，可皮肤中还是沉淀着难以消除的黯淡色彩。那就像站在高处俯瞰河流一般，一眼就能望见清澈溪流下的污物。她们的手指、鼻翼、脖颈和脊背处，总是黑乎乎的，似乎堆满了灰尘。西方人虽然表面混浊，内里却透明光亮、不留任何阴影。他们从头到脚都洁白无瑕，没有一丝不纯之物。处在他们之中，日本人就像渗入白纸的墨滴，看起来碍眼且令人不快。

这样一来，过去白色人种排斥有色人种的原因也就不难理解了。有些白人十分敏感，只要社交场合里有一两个有色人种，就足以让他们浑身不适。虽不知现在变成了怎样一幅景象，过去南北战争期间黑人饱受憎恨与轻贱，遭到了十分严重的迫害。不只是黑人，还有黑人与白人的后代，混血儿与混血儿的后代，混血儿与白人的后代，等等。管他混了二分之一、四分之一、八分之一，还是十六分之一、三十二分之一的血，只要有黑人的血统，就必须追查到底、斩草除根。这些混血儿虽看上去几乎与白种人无异，只是在两三代以前继承了黑人的血统，可他们白皙皮肤下沉淀着的细微色素，终究还是逃不过执拗白人的双眼。这样一来，我们黄色人种与阴翳关系之深厚也就可见一斑了。

没有人喜欢丑陋。既然衣食住行中充满了带有阴翳的物品，那么将自己沉浸在一种昏暗的氛围里也不奇怪。由此看来，那时我们的祖先并非意识到了肤色中的阴暗。他们并不知道世上有比他们还要白的人种，对颜色的感知自然而然地孕育了这种阴翳嗜好。

我们的祖先在明亮的大地上开辟出阴翳的世界，将女人深藏于其中，坚信她们是世界上最白的人。如果皮肤白皙是女性美的最高要求，我们只能这样做，除此之外别无他法。白人头发呈亮色，我们的头发呈暗色，这使我们自然而然地接受了阴翳的道理。

无意之中，古人选择借助黑暗的力量使黄色的面孔显得白皙。除了刚才提到的“黑齿法”，过去的女性为了突出面孔，还会剃掉眉毛，或涂一些五彩斑斓的青色口红，不过现在祇园的艺伎已经不再使用这类口红。只有联想到微微摇曳的烛火，才能解读那抹红色的魅力。古时候，女性故意将红唇涂成青黑色，她们头戴螺钿饰物，丰艳的脸上没有丝毫血气。一想到美丽的烛光下有个女人在阴影里嗤嗤发笑，青黑色的双唇间还不时露出漆黑的牙齿，我就无法继续想象那张苍白的脸。至少在我头脑的幻影中，那张脸比任何白人女性都要白。白种人的白是透明、彻底、平淡的白，是一种超脱世间的白，这种白并不存在于现实之中，只是光影转瞬即逝的恶作剧。但对我们来说，这种带有阴翳的白就已经足够，我们不会奢求更多。

提到白色的面庞，就必然要说到周围的黑暗之色了。数年前，我曾带着东京来的客人到岛原的角屋游玩，那里的黑暗至今让我难以忘怀。那是个名叫“松之间”的日式客厅，空间极大，后来毁于一场火灾。当时偌大的房间里只放了几盏烛台，其昏暗程度与小房间的昏暗完全不同。

进入房间时，有位剃了眉毛、涂着黑齿的年长女性接待了我们。她正襟危坐在榻榻米上，将烛台放在巨大的屏风前，那烛光只照亮了前方一两叠地方。屏风后方的黑暗又高又浓，像要从天花板上坠下来似的。微弱的灯光根本无法穿过厚重的黑暗，只能在撞到黑色的幕墙后又弹了回来。各位知道“烛光照耀下的黑暗”是什么颜色吗？那是一种与夜路的暗完全不同的物质，里面充满了细如尘埃般的粒子，每一粒都闪烁着彩虹的颜色。我甚至不由得眨起眼来，怕它们会飞进眼睛。不过，现在流行的小巧客厅都是些十叠、八叠、六叠的小间，就算点起蜡烛也看不见那种黑暗。过去的宫殿、妓院把天花板建得很高，走廊拓得很宽，房间足有几十叠大，屋内黑暗如浓雾一般，那些权贵名流每日都沉浸在这昏暗的灰汁里。

过去我在《倚松庵随笔》中就曾提到这事，然而现代人已经完全习惯了电灯，早就忘记了这种黑暗的存在，尤其是屋里这种“看得见的黑暗”。它们虚幻缥缈、捉摸不定，很容易引起幻觉，甚至比屋外的黑暗还要可怕。一想便知，这黑暗里肯定有许多魑魅魍魉、妖魔鬼怪在四处游荡。那些挂着帐子，住在无数屏风与隔扇后头的女性，想必也是妖怪的眷属吧。黑暗将女人们层层包裹起来，弥漫在领口、袖口、衣摆各处，填补着每一个空隙。不，有时女人们甚至像一只土蜘蛛，不停地从体内和染着黑齿的口中、黑色的发梢中吐出黑暗。

前些年，武林无想庵[1]从巴黎回来。那时他提到，东京、大阪的

① 日本翻译家、小说家。

夜晚甚至比欧洲某些城市还要亮。不过，巴黎香榭丽舍大街中还有点着煤油灯的人家，而在日本只有到相当偏远的山区才能见到这番景象。恐怕这世界上，只有美国和日本在毫不吝惜地使用电灯吧，无论做什么日本总喜欢跟随美国的脚步。这事大概发生在四五年前，那时霓虹灯尚未流行。如今他要是回国肯定会大吃一惊，因为现在到处都灯火通明。后来又听“改造”社的社长山本说，他曾陪同爱因斯坦博士访问京都等地。那时汽车路过石山附近，爱因斯坦望着窗外的景象说：“啊，那地方太浪费啦。”山本问其原因，博士便指着外面的电线杆说：“你看，那里白天还点着灯呢。”山本先生还向我解释道：“爱因斯坦是犹太人，所以比较讲究。”

先不说美国，光与欧洲相比就能看出，日本人在使用电灯这一点上相当大方。提到石山，我便想到了另一件怪事。前段时间我一直苦恼于中秋去哪里赏月，最后决定前往石山寺。可就在中秋前一天，报纸上却刊登了这样一则新闻：明晚石山寺将在树林中安装扩音器，播放《月光曲》来给客人助兴。看到这里，我马上打消了去石山的念头。扩音器可不是个好东西。这样一来，山上肯定会挂满彩灯，弄得花里胡哨的。这种事不是第一次，有一年我打算到须磨寺泛舟赏月，于是便叫上三两个好友，拿着饭盒前往此地。可到那儿一看，湖边挂满了五颜六色的华丽灯饰，月亮顿时失去了光彩。

思来想去，或许是电灯已经麻痹了现代日本人的神经，让我们很难意识到灯光已经过量了。赏月如此倒也罢了，但候车室、餐馆、旅馆、酒店里的电灯实在过于铺张浪费。虽说是为了招揽客人，但夏天太阳还没下山就早早打开电灯，这样既浪费又徒增热量。夏天不管到哪儿，都会因为这种事扫兴。室外明明十分凉爽，室内却热得不像话，这都是灯光过强过多造成的。试着关掉一部分电灯，马上就会凉爽起来。令人不可思议的是，客人和主人都没有意识到这一点。室内灯应该冬季弄得亮些，夏季弄得暗些，这样既凉爽又不易招致飞虫。灯开多了，温度也就上去了。这样一来还得开风扇，想想都觉得麻烦。日式房间能从两边散热，暂且可以忍受；西式酒店通风不好，地板、墙壁和天花板将吸收的热量又反射回来，简直让人无法忍受。

这里我举个例子，相信夏天晚上去过京都酒店大厅的人都深有同感。京都酒店建在朝北的高地上，眺望时能将比叡山、如意峰、黑谷塔、森林、东山一带的翠峦尽收眼底，让人觉得清凉舒爽。不过正因为如此，才更令人惋惜。我仰慕那青山绿水，所以在夏季傍晚前往那凉风习习的小楼，想感受一下那份舒爽畅快。然而赶到一瞧，却发现那白色天花板上嵌满了乳白色的玻璃罩子，里面明晃晃的灯光炽热逼人。

最近的西式建筑的天花板建得很低，每次靠近都像有火球在头顶滚动，实在是酷暑难耐。头、脖子、背部都如炙烤一般，越接近天花板的部位越热。明明一个“火球”就能照亮很大空间，天花板上居然装了三四个之多，而墙上、柱子上也装了不少。这些多余的光亮除了将角落里的阴影驱除得干干净净以外，可以说毫无益处。西式房间里几乎没有任何阴影，白色墙壁、红色厅柱、马赛克般华丽的地板像刚印好的石版画一样闯入眼帘，令人觉得闷热无比。若从走廊进入房间，马上就能感受到温度的差异，外面吹来的清凉夜风立马就会变成热浪。过去我常在这里住宿，对酒店有很深的感情，所以才好言相劝。其实这里最适合登高望远、夏季乘凉，千万不能让电灯煞了风景。日本人自不必说，就算对光亮情有独钟的欧洲人，面对如此酷暑也只能闭口不言了吧。总之，让他们关上灯试试，就会马上理解这一点了。这只是其中一例，许多地方都存在着同样的问题。这里我要特别提到帝国酒店，他们使用的是间接照明，其实这种方式最为妥当，夏天只要稍稍调暗即可。

总之，现在的灯光用来读书、写字、做针线活绰绰有余，家里的每个角落都能照到。这种设计几乎是与日式房屋的美学理念背道而驰的。普通家庭为了省电会将灯光调暗，反而更符合日式房间的氛围。但经商的人家里，走廊、楼梯、玄关、庭院、前门都装满了电灯，这样一来，居室和庭院风景就显得单调浅薄了。冬天灯光能提高室温，自然很好；但夏天夜晚，不管逃到多么幽深的避暑胜地，只要住旅馆就会面临同样的悲哀。所以我喜欢待在自己家里，把所有的窗户都打开，挂上蚊帐躺在黑暗里，这才是纳凉最好的方法。

之前我在某本杂志还是报纸上读过这样一篇文章，大概是一群英国老太太抱怨道："年轻时我们明明都很尊敬、很爱护老人，但现在的年轻姑娘不仅不搭理我们，反而一提到老人就觉得脏，唯恐避之不及。现在的年轻人和以前真是大不一样了。"无论在哪个国家，老人们似乎都说着同样的话，这真是令人感慨。人一旦上了年纪，总觉得什么都是以前的好。所以一百年前的老人觉得两百年前的时代更好，两百年前的老人又羡慕三百年前的时代。每个时代的人都不肯满足于现状。特别是最近，文化发展的势头极其迅猛。而日本又比较特殊，明治维新以来的变化恐怕都赶得上过去三五百年间取得的成就了。说来真是好笑，不知为何自己说话的口吻也像个老人似的，大概是到了年岁吧。不过现代的文化设施都在迎合年轻人的喜好，当今社会真是越来越不适合老年人生活了。

举个简单的例子，光是过十字路口要看信号灯这一条，就已经让老人们无法安心上街了。能乘着汽车到处兜风还好，像我们这样偶尔才来大阪的，过马路时总是很紧张。红绿灯若是在道路中央倒还好说，要是安在道路一侧就很麻烦。街道那么宽，侧面和正面的红绿灯很容易弄混。如果京都的路口也配上交警，这世道也就完了。现在要想领略纯粹的日本风情，只能去西宫、堺、和歌山、福山这样的城市。吃东西也一样，要想在大城市里找到适合老人吃的饭菜并不容易。前些日子报社记者来访，他让我谈些稀奇的美味，我就介绍了吉野某个偏僻山村制作柿叶寿司的方法。顺便可以告诉大家的是，煮一升米要配一合[①]酒，而且酒要等到开锅后才能放入。米饭蒸熟晾凉后，手沾盐将米饭捏实。这时手上不能沾有一点水汽，窍门是只用盐捏。单独将盐腌鲑鱼切成薄片放在米饭上，再将柿叶反过来包住米饭。制作时，先要用干燥的毛巾将柿叶和鲑鱼上的水分全部擦干，再把盛寿司或米饭的木桶晾干，将寿司塞进桶内，注意不能留空隙。最后盖上盖子，用重石压住，用以腌渍。晚上腌渍，第二天早上就能享用。刚腌制好的寿司最为美味，能吃两三天，吃的时候用蓼叶稍加些醋会更加美味。这是朋友去吉野游玩时品尝到的，他还专门讨要了制作方法告知于我。只要有柿叶和盐腌鲑鱼就能随时品尝到这一美味，但制作时必须谨记将水分除净，将米饭放凉。我试着在家做了做，果然十分可口。鲑鱼的油脂和咸味恰到好处地渗进米饭里，肉质还像生鱼片那样柔软，那绝妙的口感简直难以形容。与东京的手握寿司相比，柿叶寿司的味道更别致，更符合我的口味，今年夏天我吃了许多。盐腌鲑鱼奇特的制作

① 日本度量单位，一升的十分之一。

方法总让我心生感叹：物资匮乏的山里人家是多么有想象力啊！我听说过许多这样的当地小吃，看来乡下人的味觉要比现代都市人的味觉更加灵敏，某种意义上甚至超乎想象的豪华。

现在有些老人渐渐对城市失去信心，选择到乡下隐居。可如今乡下城镇逐渐向京都靠拢，也装上了铃兰灯饰，老人们即便搬离城市也无法安心生活。有人说，文明的进步会促进空中和地下交通发展，城市街道也会恢复往日的平静。不过那时，一定又会出现让老人们难以接受的新设施。最后无所适从的他们，只能待在家里一边吃着自己做的菜肴，一边听着收音机小酌几杯了。不光是老人，最近《大阪朝日新闻》的“天声人语”专栏也发文批评某些政府官员，说他们为了建高尔夫球场，在箕面公园乱砍滥伐，还削平了山丘。

看到这篇文章，我顿时有了信心。连深山里的树荫都要剥夺，未免过于残酷。照这样下去，奈良、京都、大阪郊外，以至于全国的名胜古迹，都将在大众化的幌子下被夷为平地。不过，我说的这些话可能是抱怨吧。我深知今天的幸福来之不易，再怎么说日本也已经踏上西化的道路，不得不勇往直前，老人们终将被抛诸脑后。但只要还是日本人，我们就必须背负起与生俱来的缺陷，并永远地走下去。

之所以写下这些，是因为我相信或许还有一条路能够弥补这些缺陷。可能是文学，可能是艺术，也可能是其他途径。至少我希望文学界能够重拾不断消逝的阴翳世界，使文学这座殿堂的屋檐更深，墙壁更暗。使暴露过多的东西藏进黑暗，将多余的装饰物一扫而空。不要求家家如此，只要有一家就足矣。不管如何，先关上电灯试试看吧。

论懒惰

嬾[1]惰，简单来说就是懈怠。平时我们经常能看到把嬾惰的“嬾”字写成“懒”，这是错误的写法，正确的应该是“嬾”。简野道明的《字源》中有记载，“懒”字用在“憎懒”一词中，含有憎恶、厌恶的意思。而“嬾”则是嬾洋洋、嬾得动弹之意。简野道明还列举了中国元代诗人柳贯的诗句：

借得小窗容吾嬾，五更高枕听春雷。

此外，若直接引用《字源》中的例子的话，还有宋代许月卿的“半生嬾意琴三叠”，唐代杜甫的“嬾性从来水竹居”等。

从这些诗句中可以看出，嬾惰中除了“懈怠”，还多少含有“无精打采”“嫌麻烦”的含义。而且更要注意的是，无论是“借

[1] 此处依照日语原文所用的字。

得小窗容吾懒”“半生懒意琴三叠”，还是“懒性从来水竹居”，都是从“无聊的生活”中发现另一番天地，安之若素，并且享受、留恋其中，有时可能还要特意附庸风雅，追求这种闲情逸致。

不仅中国，日本人自古也有这样的心理。仅是历代歌人和诗人的吟咏中，就有不胜枚举的例子。甚至室町时代的小说中还有一篇叫作《偷懒[1]太郎》。

> 他虽叫偷懒太郎，但在盖房子上却有出众的能力。四周筑墙，三面设门，四角掘池，造人工岛，岛上种松杉……以织锦为顶棚，横梁支柱椽子的相接之处皆用真金白银，门帘要用珠玉串，就连马厩和下人的住处也要精心打造。他这样设想着，可是很多条件不具备，最后只好立了四根竹子，上面铺了张草席，委身其中……虽然这房子盖得不好，手脚肘部的死皮、跳蚤、虱子可是一样不缺的。他既不做买卖，也不耕种，因此也没有东西吃。一躺就是四五天……

如此行文风格的故事，是纯粹的日本式构思，不会是中国小说

① 中文“懒”意同日文“懶”，此后译为“懒”。

的翻版(1)。估计当时落魄的权贵，或是作者自身就是过着偷懒太郎般的生活，在极度无聊时写下了这样的小说。也许正是这个原因，作者不仅不排斥这个让人无计可施的偷懒太郎，还把他嫌麻烦、不讲卫生、偷懒耍滑的特点写出了一份憨态可掬。虽然他被邻里嫌弃，是当地的一块烫手山芋，但当你觉得他像乞丐时，他却有不畏地头蛇的骨气；当你觉得他蠢笨时，他却有惊动圣上的诗歌才华。死后，他甚至成了御多贺大明神，被人们祭奠。

嘉永年间，佩里的船来到浦贺，他们称最佩服日本人的一点就是，日本人异于其他亚洲民族，非常爱干净，港口街道和家里都被打扫得非常整洁。如此说来，我们日本人应该是东亚人中最勤快，懒惰之人最少的。但是我们仍然有偷懒太郎这样的思想，有这样的文学。懒惰一词绝不是褒奖，没有人被人说懒人后感到光荣。另外，嘲笑整年忙碌工作的人，有时甚至把他们当作俗人，这种思想至今依然存在。

写到这里，我想起近几日读的《大阪每日新闻》上的连载——《美国记者眼中的日本和中国》。前些日子美国报社的记者团前来东方考察，回国后把真实感想发表在了各家报纸上，大每社的高石真五郎从中挑选出有趣的部分在《大阪每日新闻》上介绍。至今为止的主要内容是批评中国，还没涉及日本，不过按这个架势，感觉后面会写到对日本的印象比对中国好很多之类的内容。这些记者刚到中国，首先就被不干净的火车惊呆了，感到非常恶心。而且他们坐的绝不是普通的列车，而是张学良特意为他们从京奉铁道中挑选的最好的列车，可即便如此，他们仍无法满意地洗脸剃须，那遭遇简直无法用语言表达。虽说当时的中国内战不断，财政空虚，但满洲是中国秩序最稳定、经济最繁荣的地方，且近年来战事也逐渐平息，所以实在没有充分的借口。我曾经也坐过京汉铁路的一等座，对他们的遭遇我深有同感。从北平到汉口大约四十个小时，就算可以忍受卧铺列车漏雨，也实在受不了那打扫得不干净的厕所。这样说也许显得我很愚蠢，但我真有好几次是因为憋不住奔向厕所，可到了门口又被迫返了回来。

我想这样的不清洁和无秩序(2)，是任何朝代的中国人都具备的共性。无论引进了多么先进的高科技设备，只要让他们经营管理，很快就会沾染上中国人特有的“嫌麻烦”的特点，再先进的西方利器也会变成笨重的东方钝器。在凡事以清洁整齐为重的美国人眼中，中国人身上有令人难以容忍的懒惰和懒散。而中国人则奉行即便有不合意之处，但能用就行的理念，真是江山易改本性难移。并且，有时中国人还反过来嫌西方人事情太多，觉得他们过度讲规矩、有些神经质。比如晚年的辜鸿铭老先生(3)，几乎对所有的西方礼仪都颇具微词，而对自己国家的，甚至连一夫多妻这样的制度，都持认可态度。他对于美国人这样评价中国，一定会很有意见吧。若如此，印度的泰戈尔、甘地等人会持何意见呢？他们国家在嫌麻烦这一点上可是不输中国的。

这些是闲话了，美国记者攻击中国没有信用，从国外借款，本金利息一概不还。他们称“在这一点上南京政府真是和莫斯科如出一辙”。其实不光财务问题，在不讲卫生这一点上，两国也是很相似吧。虽不知哪一个是不讲卫生的鼻祖，据我所知，白人中最脏的是俄罗斯人。俄罗斯人占比高的酒店的厕所，估计应该跟中国火车里的厕所的景象差不多吧。从这一点即可证明，俄罗斯人是西方人中最接近东亚人的。

总而言之，“怕麻烦”“懒得动”是东方人的特色，我姑且称之为“东方式懒惰”吧。

话说这风气看上去仿佛是受佛教和老庄的无为思想、“懒人哲学”的影响，其实与思想无关，这在浅显的日常生活中随处可见的“懒惰”，是扎根于我们的气候土壤。甚至应该说佛教和老庄的哲学是在那样的环境中萌芽、生发出来的更准确。

若谈懒惰者的“哲学”和“思想”，西方也不一定没有。古希腊有第欧根尼这种偷懒太郎类型的哲学家，但那是从哲学角度出发的一种作为哲学家的态度，并不是日本和中国遍地都是的那种懒惰的、吊儿郎当混日子的人。那个时代禁欲主义的哲学，虽然消极，但是克服物欲的念头强烈，充满着努力和意志力，与“解脱”“本真”“寂灭觉悟”“大彻大悟”这样的境界相去甚远。而且，虽然他们当中并非没有仙人和隐者，但大多数只是追求发现“点金石”的炼金师，宛如中国的葛洪小仙翁，与其说是“无为”“懒人”，不如说是和“神秘”绑在了一起。

近代让·雅克·卢梭提倡的“归于自然”被认为与老庄哲学有几分相通。实际上，我这个懒惰的人到现在连《爱弥儿》都没读完，不敢妄下定论。但无论这些思想和哲学如何，在日常生活中，西方人绝对不“怕麻烦”、不“懒惰”。这是被他们的体质、表情、肤色、服装、生活方式等所有条件决定的，就算偶尔因为客观原因导致不得不脏兮兮或缺乏规律，东方人那种在懒惰中自得一片天地的心境，他们是做梦也理解不了的。无论他们是富人、穷人，是游手好闲之人、勤奋之人，是老年人、年轻人，还是学者、政治家、实业家、艺术家，在努力进取这一点上是没有区别的。

“东方人所谓的精神或道德到底意味着什么呢？东方人把远离红尘归隐山中、独居冥想之人称为圣人、高洁之士。然而在西方，没有人认为那样的人是圣人或是高洁之士，他们不过是一种利己主义者而已。我们把勇敢地走向街头，予病人良药，予贫者物资，为了社会的幸福奉献自己、努力工作的人称之为道德家，他们所做的工作是精神层面的事业。”我曾读过约翰·杜威的文章，大意如此。若这是西方普遍的标准和常识，那么他们大约认为“懒惰”就是“什么都不做”，在他们眼中一定是缺德中的缺德。我们东方人也并非就抱定懒散比勤奋境界更高，所以无意正面反驳美国哲学家的说法，而且如果他们来追问的话都不知该如何开口了。但是，欧美人所言的“为了社会而牺牲自己去工作”到底指的是什么情况呢?

比如基督教中有一个称为“救世军”的组织。我对参与这项事业的人怀抱敬意，绝无反感和恶意。可无论他们的初衷如何，用那样的方式站在街头，用激烈、快速、急躁的语气传教；援助自主停业者；在贫民窟挨家挨户叩门赠送慰问品；拽着每位路人的袖子请人向慈善箱中捐款；发放传单等。如此小家子气的做法，很不符合东方人的气质。这是超越了道理的性格秉性的问题，是东方人之间心照不宣的感受。我们看到这样的运动，只感觉自己被人赶着，忙得脚打后脑勺，完全不会产生平和安静的同情心和信仰心。人们经常批判佛教与基督教相比传教和救助方式都太过保守，但最后其实是那样的方式更符合国民性。镰仓时代的日莲宗和莲如时代的真宗就算再积极再主动，归根结底还是那七字题目和六字名号，并没有像救世军那样涉及现实的细枝末节。据说禅宗道元认为是“人生为佛教，非佛教为人生”。基督教与这一境界真是差之千里。

大家都熟悉诸葛孔明被玄德三顾茅庐，最后无奈出山相助的故事。如果孔明不等玄德拜请便主动出山相助，也会是一段佳话。若孔明无论玄德如何请求最后都没有答应，而是归隐山中，与闲云野鹤为伴了此一生，我们也能体谅他的心境。中国自古有“明哲保身”一词，乱世之中保全自己也是一种处世之道。战国时期的苏秦衣锦还乡时说：“若家有田地，我又怎能佩六国相印？”这样张狂的话(4)，入仕为官配六国相印很好，农田两顷一生劳作也不差。而且以配六国相印而自得的苏秦，是那个时期的纵横家，品德上比孔明好像差很多。事实上在东方，孔明型的人不仅是在品格方面，在本质上也是比苏秦型的人优秀的。

最近我看了很多电影杂志上刊登的好莱坞影星的照片，经常感到怪异。因为他们的特写写真，几乎无一例外，全都龇着牙笑。而且那牙齿也是无一例外的漂亮，无论哪位演员的牙齿都好像雪白的珍珠似的整齐地排列着。但是，若是凝视他们的表情，真是觉得那些脸并没笑，只是勉强地、奇怪地、无任何原因地咧着嘴，看上去只是为了炫耀自己整齐的牙齿。他们的样子正好与日本女孩子在骂人时说“咦”的口型一样。女演员还不明显，男演员非常明显。有这种感觉的大概不止我一人。如果大家不信，可以翻开《古典》看一看。一旦你体会到了这一点，所有的“笑脸”都会瞬间变成“龇牙脸”，非常奇妙。

越是文明程度高的人种越注重牙齿保健。据说可以通过牙齿的状况来推断其文明程度。若真是如此，牙科医学最发达的美国应是世界第一文明大国，那些摆着让人不舒服的做作笑脸的演员也许是在自豪“我们就是这样的文明人”。像我这样天生牙齿参差不齐、也不想治疗的人，就像已经去世的大山元帅的麻子脸，直接被当作没有开化的人的标本也是没办法的。话虽如此，现在像我这样的日本人是少数，在稍微发达一点的城市中，接受美式教育和训练的牙医们开的诊所生意火爆，有的病人甚至做好引发脑供血不足的心理准备，把自己那用起来完全没问题的牙齿拔掉或者切掉，再做一些人工的修饰。不知是否是因为这个，最近城里人的牙齿一天比一天漂亮，很少能看见以前的那种牙齿不齐、虎牙错位、虫牙、黑牙了。无论男女，只要是在意自己容貌和礼仪的，牙膏都要用固龄玉（Kolynos）、白速得（Pepsodent）等美国进口的，每天早晚认真刷牙。所以日本人的牙逐渐呈现出亮白的珍珠色。日本人越来越接近美国人，正在成为文明人的道路上奋进着。若美容牙齿是为了让他人看着舒服，倒也无可厚非。不过，从前日本人认为错位的虎牙或虫牙有一种天然的可爱，排列整齐的牙齿总给人一种冷酷无情，奸佞残忍的感觉。因此，大部分东京、京都、大阪等大城市的美女们（啊，男人也是如此）的牙齿都不漂亮、不整齐。特别是京都女人牙齿不干净几乎已成了一个定论。据我所知，反而是在九州等偏远地区，牙齿漂亮的人比较多。（不要生气，我并不是说九州人冷酷无情。）另外，有的老人因长期吸烟牙齿变黄，好像象牙扶手的颜色，这颜色在白胡须中若隐若现，看上去和肤色很相称，有的老人的样子，还给人一种遇事沉着冷静的感觉。就算中间掉了一两颗牙，也绝不难看。如今在日本，只有在农村才能看到这种牙齿偏黄的老人，在中国和朝鲜，这样的老人随处可见。若老人的牙又白又齐，那跟东方人的容貌真的不搭。做假牙的时候也应该尽量接近自然色，上了年纪的人若把牙齿弄得太漂亮，难免给人一种“老黄瓜刷绿漆”的感觉，惹人讨厌。

据上山草人说，美国人的礼节特别麻烦。男人在女人面前不能暴露身体就不必说了，连擤鼻涕、吸鼻涕、咳嗽都不行。所以若是感冒了就哪儿也去不了，只能整天闷在家里。照这样发展下来，现在的美国人可能会说，如果没有把鼻孔到屁眼都清洁到可以舔的干净程度，如果拉出的屎没有麝香味，就不算文明人。

我还曾从已故的芥川君那里听到一个类似的故事，是说成濑正一在德国被邀请去人家里作客时，他当场翻译并朗读芥川的《大石内藏助的一天》给他们听，不想碰到“站起来去了厕所”这句时，成濑正一突然语塞，最后他也没有把“厕所”这个词翻译出来。

保罗·毛杭的小说中偶尔会出现“厕所”这个词，最近法国那边好像没那么讲究了，不过欧美人在这方面过分挑剔，好像认为这才是文明的标志。

读过托尔斯泰短篇小说《克莱采奏鸣曲》的人应该都知道，小说主人公极力批判欧洲人那文明的生活方式。称他们的日常饮食和妇女穿着，是非常具有刺激性的、积极主动的，仿佛旨在挑逗人的情欲，而另一方面，他们的礼节又非常挑剔复杂，真是虚伪——我手头现在没有这本书，写得不是很确切，但大意如此。我读的时候想，托尔斯泰不愧是俄国人。

实际上，绅士们在参加晚宴时，穿着束手束脚的礼服，在穿着诱惑的妇人面前进餐，无论是打饱嗝，还是呃逆、喝汤，都不能发出声音。在这样的餐桌就餐，就算桌上摆满了美味佳肴，也谈不上是款待吧？再看中国的宴会，以吃喝为主要目的，只要不是过分无礼就行。发出多大的声音、地面和桌子多脏都没关系，要是夏天去南方的话，主人会率先脱了上衣，裸着上半身。日本在这一点上跟中国没有太大不同。

有人认为酒店的餐厅是适合家庭就餐的、华丽的，比旧式个人主义特色的旅馆好。可我认为，酒店餐厅不过是绅士淑女炫耀服饰、满足自己虚荣心的地方，吃已经是次要的了。就餐时穿着简单的和服、靠在扶手上、腿伸出去，胃会更舒服吧。

总结来说，西方人所谓的“文明设施”“清洁”“整齐”，就好似美国人对牙齿的追求。如此说来，我每次看到美国人那洁白无瑕的整齐的牙齿，总会想起西方厕所里贴的陶瓷地砖。

如今困扰我们的双重生活方式，其实不在于衣食住行这些细枝末节，而是来自我们看不到的更深层的地方。也就是说，无论我们多努力地想要去住没有榻榻米的房间、成天穿洋装、吃西餐，这些都坚持不了多久。最后我们可能会把火盆端到洋房中，或者直接坐在地毯上。这是因为我们内心深处有东方人的“散漫”和“怕麻烦”。首先我们对限制吃饭时间就感到很痛苦。白天在单位工作的人，中午没有办法，只能规律就餐，一回到家马上就没有这样的限制了。如果在家也要限定吃饭时间，那就没办法彻底放松休息，也不会想边吃边喝一杯了。所以很多在工作单位吃午饭的日本人，会选择用简单的食物代替便当，快速把食物扒拉到嘴里。而在神户和横滨居住的西方人不是如此。离家近的人一定会在固定时间急急忙忙回家，在家里悠闲地吃饭喝酒，到时间再回单位。那么急急忙忙的有什么意思呢？可他们已经习惯了这样的规律生活。而且，西餐的烹饪特点是，如果你不准确说出几点几分去吃饭，这对厨师是很大的麻烦。尽管有时日本人被西餐厨师追问“您几点用餐？”会感到生气，但如果用餐者散漫不守时，那不管料理多么难吃，厨师都绝不负责。

以一推万。关于餐具，筷子和碗大概洗一下就可以了，西餐油腻，银器、瓷器、玻璃器皿又多，必须注意要把餐具擦得锃亮。也许直到我们能忍受这无数烦琐的束缚那天，我们都不会轻易想去打破这样的双重生活方式。

在英国，就连老人也一早就吃油腻的牛排，然后拼命运动，保持精力、增强体能。这确实也是一种保健法。可是在懒惰的人眼中，因为摄取了大量难消化的食物，不管是否愿意都要通过运动帮助消化，那运动也成了一件苦差事。有那时间，或许安静地读书更有意义。若如托尔斯泰所言，吃大鱼大肉会使性欲高涨、闹心上火，进而消耗精力，那干脆就少食不动。不知道这两种方式孰优孰劣？

从前(5)，说是从前也不过是我祖母的时代，恪守礼教的女主人们几乎整年待在不见阳光的昏暗屋里，深居简出。京都大阪一代的传统人家据说五天才会洗一次澡。如果到了被人叫“老爷子”的年纪，那一整天都坐在那里不动，甚至坐垫上的屁股都不挪一下。现在想感到很不可思议，像他们那样几乎不动，到底是怎么生活下来的呢？他们吃的也非常清淡，一点点，像鸟食一样一点点。粥、梅子干、梅子酱、鱼肉松、煮豆子、小菜——至今我都能想起祖母盘中的那些食物。她们有适合她们的消极养生法，很多时候比爱活动的男人更长寿。

有句话说“久卧伤身”，可若与此同时减少食物摄入量和摄入种类，就可以减少患传染病的风险。有人认为若把时间和精力都用在研究卡路里、维他命这些东西上，还不如躺着休息更聪明。世界上有“懒人的哲学”，不要忘了同样有“懒人养生法”。

现在在大阪屈指可数的一位老艺术家说，从前在唱地方民谣时，如果声音太大发音太清楚，反而会被斥没有品位。这么一说好像真是如此，关西地区很少有唱歌声音很大但很好听的筝曲、三味线表演者。话虽如此，但这并不意味着表演时要只重乐器，忽视演唱。如果静下心来细细品味，会发现音量不大但婉转悠扬的歌声更扣人心弦。但是，这些表演艺术家并非像当今的歌唱家那样，戒酒戒色以保护嗓音，而是一切随心而动，如果为了唱歌要死守规矩的话，那唱出来也不会开心。上了年纪后音量减小、声音沙哑是自然的事，顺应这个规律，自己唱尽兴了即可。实际上对于本人来说，若不是酒过三巡兴致所至地拿出三味线，弹唱上两曲，那真是没什么意思。如此想来，用别人听不见的声音哼唱，也能尽情感受歌唱技巧的妙处，进入忘我的境界，甚至极端地说，不出声音，在脑海中歌唱也是足够的。

然而西方的声乐，比起自我满足更注重让他人满足，在这一点上他们有一种拘束感、刻意感和做作感。就算听起来是让人羡慕的音量，但若看着嘴唇的动作的话，会觉得只是一个发声机器，有一种刻意不自然的感觉。可以说歌唱者本人那忘我的心境并没有传达给观众。这一点不仅体现在音乐上，所有艺术都有这样的倾向。

千万不要误解，我并非唆使诸君做懒惰之人。但是当今社会中，被人夸奖有精力充沛或勤勉刻苦就骄傲起来，或如此自诩的人太多了。偶尔想起懒惰的美德——懒惰的优雅也不是一件坏事。说实话，我虽这样说，但我绝不是一个懒惰之人。起码我的朋友们可以为我证明，我在他们当中算是一个勤奋用功之人。

（一九三〇年四月十日记）

《倚松庵随笔》（一九三二年四月刊）眉批：

（1）写完这些之后，我读了柳田国男先生关于民间故事的研究，才知这类故事并不是日本独有，世界上还有几种相关的类型。即便如此，穷苦人出人头地的故事大多相似，但是有像《偷懒太郎》这样以懒惰为看点的文学吗？恕我才疏学浅，无法下结论，暂时存疑。

（2）去过中国旅行的人都知道，中国人是不区分抹布和擦餐具用的布的。用擦过脏东西的抹布擦桌子或筷子，时常令我感到无语。

（3）中国的青年文人称辜鸿铭老先生晚年性子乖僻，这是真的吗？佐藤春夫曾在某篇小说中风趣地描写了与辜老先生、中国新派作家田汉在东京山水楼会面的故事。老先生好像对我有所耳闻，曾经通过阿部德藏给我送来一本自己的著作《读易草堂文集》。这本书是民国十三年东方学会出版的，内篇二十八页、外篇十五页，是一本从中国得来的大型读物。内还有罗振玉的序文。内篇开篇的《上德宗皇帝书》中有一节这样写道：

> 识幼年游学西洋，历英、德、法三国十有一年。习其语言文字，因得观其经邦治国之大略。窃谓西洋列邦本以封建立国，逮至百年以来风气始开，封建渐废。列邦无所

统属，互相争强，民俗奢靡，纲纪浸乱，犹似我中国春秋战国之时势也。故凡经邦治国，尚无定制，即其设官规模亦有简陋不备，如德、法近年始立刑礼二部，而英至今犹未置也。……如商入议院则政归富，人民立报馆则处士横议，官设警察则以匪待民，讼请律师则吏弄刀笔。诸如此类皆其一时习俗之流弊，而实非治体之正大也。每见彼都有学识之士谈及立法之流弊，无不以为殷忧。唯独怪今日我中国士大夫不知西洋乱政所由来，徒慕其奢靡，遂致朝野皆倡言行西法，兴新政，一国若狂。

另外，在《广学解》中这样写道：

西人之谓考物，即吾儒之谓格物也。夫言之于天则曰物，言之于人则曰事。物也者，阴阳五行是也；事也者，天下家国是也。然吾儒格物必言天下国家，而不言阴阳五行者，其亦有深意存焉。《易传》言，圣人制器以前民利用。此则谓教之以相生相养之道也。然吾圣人有忧天下之深，故其于阴阳五行之学，言之略而不详，其于制器利民之术亦言其然，不言其所以然。盖恐后世之人有窃其术以为不义，而不善学其学以为天下乱者矣。故《传》曰：

“作《易》者，其有忧患乎？”今西人考物制器皆本乎其智术之学。其智术之学，皆出乎其礼教之不正。呜呼！其不正之为祸，岂有极哉！

还在《上湖广总督张书》中写道：

昔人有言：“乱国若盛，治国若虚。”虚者，非无人也，各守其职也。

从这些内容中可以看出，年少留学欧洲十一年的老先生，在后来是如何出奇地厌恶西洋的。

（4）使我有洛阳二顷田,安能佩六国相印？——《史记·苏秦列传》

（5）经过思考，我觉得按摩是东方人特有的保健法了吧。自己卧在那里请别人按揉，以达到运动的效果，没有比这更偷懒的了。从前人们讲究按摩和针灸等，我看无非是既想要血液循环起来又想待在屋里一动不动。

恋爱与情色

一位已经去世很久的英国幽默作家杰罗姆·卡拉普卡·杰罗姆（Jerome Klapka Jerome）,在他一本名叫《诺威尔笔记》的书中写到，小说是无聊的东西。从古至今的小说如沙滩的沙粒般不计其数，不知有几千几百几十万册，但不管读哪一本，故事情节都是老生常谈的那一套。归根结底不过是“在某个地方有个男人，还有爱着他的女人”——“Once upon a time,there lived a man and a woman who loved him.”杰罗姆认为不过如此。

另外，我从佐藤春夫那里听说，小泉八云在某讲义录中谈道：“从古至今的小说全都以男女恋爱为主题，好像自然和社会中的万事万物只要跟恋爱不沾边就无法成为小说的题材，但其实并非如此。即便不是恋爱和人情世故，也完全可以成为小说的题材，文学的领域本来是很宽的。”

无论是杰罗姆的讽刺还是小泉八云的观点，从中都可以看出，在西方“抛开恋爱的文学或小说”是极罕见的东西。其实他们自古就有政治小说、社会小说、侦探小说，等等，但那些一直被认为是脱离了纯文学框架的、功利的、低级的东西。

现在情况有所变化，为了功利目的而写的小说并不会因此被认为是低级的，但即便是讨论阶级斗争或社会改革的作品，也或多或少会涉及爱情问题。据我观察，很多小说都把恋爱问题作为起因，然后展开与此相关的各种纠葛——恋爱的沉重、阶级工作的复杂。

侦探小说也常常因爱情犯罪。如果把“爱情”扩大到“人情世故”的话，那么西方自古以来被称为小说和文学的作品，则无一例外都在此范围内。也有像《熊猫穆尔的人生观》《黑骏马》《荒野的呼唤》这种以动物为主人公的小说，但它们大多是寓言作品，也没有脱离广义的“人情世故”的框架。除此之外，也有少数以自然美为主题的作品，特别在诗歌中并不少见，可是如果仔细品味，就会发现这些作品几乎都有与人情世故的结合点。

写到这里，我突然想起夏目漱石先生一篇名为《英国诗人之天地观》的论文。我连忙从书架中寻找，可惜没找到，无法在这里转述先生的意见。总而言之，在西方人的艺术作品中，就算不是爱情，人情世故至少也会占去大半，若去看他们的文学史和艺术史，马上就能领会这一点。

从古至今，日本茶道规定，茶室中可以悬挂书法或绘画装饰，但禁止以恋爱为主题的内容，因为恋爱有违茶道的精神。

像这样轻视爱情的风气不仅体现在日本茶道中，在东方也绝不罕见。日本自古也有不少小说和戏曲，不乏以爱情为主题的作品，但这些作品在文学史上被重视，是西方思想传入日本之后的事。在还没有“文学史”的时代，提到“软文学”，首先认为它是底层文学，是妇女的消遣，或是士大夫的业余爱好，写作之人和阅读之人都对这种题材敬而远之。历史上也有杰出的戏曲作家和小说家，就算他们的作品一时风靡，表面上也被认为是低级没品位的，写这样的东西不是一个优秀男子倾其一生去做的事。中国自古以“济世经国”为文章之本。占据中国文学宝座地位的正统文学，是经书、史书或者以齐家治国平天下为理想的著作。我年少时的汉文教科书是《四书》《五经》《史记》《文章轨范》等，是与爱情无关的，过去认为这些书籍才是真正的、正统的文学。明治以后，有了坪内先生的《小说神髓》，出现了关于莎翁和近松门左卫门、莫泊桑和井原西鹤的比较论，渐渐地戏曲和小说被看成了文学的主流。但这种看法并非来自我们“正确”的传统。小说和戏剧是“创作”，史学、政治学、哲学不是“创作”，因此谈不上是文学。这种观念也许有一定的局限性，但若以我们的传统看待西方文学的话，只有培根、麦考莱、吉本、卡莱尔那样的才是正统，或许莎翁的书都要偷偷藏起来才行。

西方人认为，诗歌比散文更具有文学性。但是就算在诗歌领域，东方言及爱情的内容都相对较少的。从这一点看，最具代表性的两大诗人——李、杜二人的诗便可知晓。杜甫的诗中偶有伤离别、愤贬谪之作，然而对象通常是“友人”，偶有“妻子”，可绝无一处是写“恋人”的。至于“月与酒的诗人”李白，恐怕他对“爱情”的心思不及对月光对酒杯的十分之一吧。森槐南曾在《唐诗选评译》中，列举了那首有名的《峨眉山月歌》：

峨眉山月半轮秋，影入平羌江水流。
夜发清溪向三峡，思君不见下渝州。

森槐南认为“思君不见”表面指月，但从“峨眉山月”一词中推测，感觉此时的李白应该私下里有一位恋人。槐南翁的解释的确是真知灼见，李白就是这样，即便偶尔歌咏爱情，也会寄情于月，表达得极为含蓄、隐晦。这也是东方诗人的嗜好。

因此，小泉八云所言的“不写爱情也能成为小说或文学”，在西方人眼中可能很惊奇，在我们东方人眼中却是个再平常不过的道理了。实际上，还是西方人教给我们“即便写男女之爱也能成为高级的文学”。

我们经常听到这样的说法，是西方人发现了浮世绘的美并把它介绍到全世界的，在西方人发现之前，我们日本人都不知道自己拥有这么值得骄傲的艺术。但是仔细想想，这既不是我们的愚蠢，也并非西方人的高明。当然我们深深感谢西方人认可我们这方面的艺术，并把它传播到世界。但说实话，对于“无爱情人情不艺术”的他们来说，浮世绘是最好理解的。并且他们不理解为何如此了不起的艺术没有受到日本同胞的尊重 (1)。

实际上，德川时代浮世绘画师的社会地位与戏作家、狂言作家相当。恐怕当时有教养的士大夫认为看浮世绘或戏剧和看春宫图、读淫秽小说差不多。菱川师宣、喜多川歌磨、铃木春信、歌川广重不可能与池大雅、田能村竹田、尾形光琳、俵屋宗达平起平坐，在文学领域，也无人把近松门左卫门、井原西鹤、式亭三马、为永春水与白石一文、荻生徂徕、赖山阳他们相提并论。因此，后水尾皇帝被《官八州系马》中的内容感动、荻生徂徕大赞《曾根崎心中》男女私奔的情节这样的故事，被当作奇闻趣事流传至今。曲亭马琴在世时，之所以自视与其他戏作家不同，世人对他也另眼相看，是因为他的作品以扬善除恶为主旨，规劝人伦五常之礼。由此，我们则可了解一般的戏作者处于怎样的地位。

其实，我们的传统中并非不认可关于爱情的艺术，事实是我们偷偷品读那些作品，内心被深深打动，但表面上却假装不知。这是我们的谨慎，是无须多言的社会礼仪。因此，可以说把喜多川歌磨和歌川丰国推到舞台中央的西方人，打破了我们这个默契的规则。

但是，也许会有人反问："若如你所言，那如何看待恋爱文学达到鼎盛的平安时期呢？我们的文学史中不是也有这样的时代吗？德川时代的戏剧家也许轻视恋爱文学，那在原业平与和泉式部那样的和歌诗人呢？《源氏物语》等众多恋爱小说的作者呢？如何评价这些作者和他们的作品呢？"

关于《源氏物语》，自古就有很多说法。儒学家攻击它是淫荡之书，而日本国学家简直把它视若《圣经》，认为其中满是道德教诲，甚至最后把作者紫式部生拉硬扯成"贞洁烈女之榜样"。虽说牵强附会，总之表面上既不否认它是"淫荡之书"，又勉强地坚持认为它是"道统的""规劝的"书籍，若不如此，作为文学的《源氏物语》就没有一席之地。这其中含有一种"礼节"，一种东方人特有的"死要面子"。

那么，下面就回到我刚才的问题上，谈谈平安时期的恋爱文学。

从前(2)，有一位叫敦兼的奇丑无比的刑部大臣，他的妻子北之方是一个绝世美人。北之方总是慨叹自己有一个丑陋寒碜的丈夫。有一天，北之方去宫中看五节舞，她看到满朝的文武百官都服饰讲究、英姿飒爽，每个人各具风采，没有一人如自己的丈夫那般丑陋，她便更加厌恶自己的丈夫了。回家后，她背对丈夫，一言不发，最后躲进闺房闭门不出。丈夫起初觉得诧异，不知所以。有一天，敦兼进宫供职后深夜返家，素日接待客人的出居殿没有点灯，平时使唤的丫鬟也不知所踪，脱掉的衣服也无人整理叠好。没办法，敦兼用力推开门廊边的角门，一个人陷入了沉思。夜越来越深了，清冷的月光和夜风打在身上，凉意袭人，薄情妻子的态度更让敦兼添了一丝怨恨，终是难以释怀，遂整理心绪，拿出筚篥，反复咏唱道：

篱笆墙内白菊淡，心上之人已走远。

北之方躲在内屋，听闻此歌，忽感哀伤，便出门迎丈夫，自此之后，夫妻二人恩爱和睦。

这个故事出自著名的《古今著闻集》好色卷，大概是镰仓时代末期的故事，无论是何时期，从这个作品中可以看出，当时京都的贵族在生活上依然保留着平安时期的风俗习惯，所以把这个作品看成典型的平安时期的恋爱故事也没问题。

但是，我觉得这个故事的奇特之处在于男女地位的差异。正如《古今著闻集》中作者自己叙述的那样："从此之后夫妻恩爱，幸福美满。真是一位善解人意的妻子啊。"既没有责怪北之方的不贞，也没有嘲笑敦兼没骨气，而是把它当作夫妇恩爱的美谈。我觉得这种观点在平安时期的公卿大臣中是共识。

妻本不应嫌夫丑，但北之方却没有任何理由地疏远丈夫。丈夫对这样的妻子又爱又恨，站在妻子门外哀声倾诉。听到丈夫心声的妻子则被认为"心地柔软善良"。这不是西方的爱情故事，而是日本王朝真实发生的事。另外，文中提到敦兼拿出筚粟，边吹边唱，那个时候的公卿贵族会随身携带这种乐器吗？我每次看《古今著闻集》中的这个故事，就想起《壶坂灵验记》第一幕中盲人泽市一个人弹着三味线，唱着《菊之露》的场面：

鸟鸣钟声远，念起君离去，未语泪满面。

与君隔山海，我如失桨舟，自此无方向，余恨了残生。

勿牵念，勿牵念！相逢亦为离别始，听此曲者笑我痴！

庭中小菊开，朝暮惹人爱，夜间挂露珠。

我命如露水，无情秋风扫，世事难如意！

戏中的泽市一直用本调子唱着这首歌的前半部分。此处他与敦兼一样寄情于菊，真是巧妙的缘分。从前大阪人认为唱这首歌缘分就尽了，因此大家不喜欢。可无论如何，这个木偶戏是团平夫人所作，所以具有女性的细腻。泽市的身体比普通人更值得同情，因此与敦兼的情况大不相同。泽市的妻子阿里与北之方也是天壤之别，阿里才是真正善良之人，这个故事才可以作为“夫妇的美谈”。想象一下，在武家政治和教育普及化的后世看来，北之方的不像话自不必说，敦兼这样的丈夫简直是男人的耻辱，不难想象，他一定会被认为是“有损男人颜面”的存在，遭到排斥。在这种情况下，镰仓时代之后的武士，要不彻底对不贞洁的女人死心，要不就深陷泥潭无法自拔。女人大概也喜欢这样的男人，若模仿敦兼那没魄力的样子，只会被加倍地嫌弃，这是我们普通人的心理。德川时代恋爱文学盛行，这一点与平安时期形成了鲜明对比，现在若试着琢磨一下近松门左卫门等人的戏曲，也想不起来一个像敦兼那样没有男子汉气概的例子。就算偶尔有类似的人物，也是以滑稽幽默的角色出现，恐怕不会被当成美谈流传。人们说元禄时代世风淫靡懦弱，但其实当时游冶郎那种好色之徒是很固执鲁莽、杀伐决断的，木偶戏《博多小女郎波枕》中的宗七、《女杀油地狱》中的与兵卫就不必说了，殉情题材作品中的美男经常持刀与人争执，可不是王朝公卿权贵那样的懦夫。化政时期以后的江户，就连女人都要活得潇洒精彩，更不必说“男人要有男人样”了。再后来，江户的戏剧中出现的美男大多数是大口屋晓雨式的侠客，或是片冈直次郎式的不良少年。

从这一点来看，我感觉平安时期文学中的男女关系与其他朝代有很大不同。你可以说像敦兼这样的男人没骨气，换句话说，则是崇拜女性。女人不是在自己之下，被自己疼爱，而是在自己以上，怀着一种仰视着的、跪在她面前的心情。西方男人经常梦到自己的恋人变成了圣母玛利亚，并想到“永恒的女人”，但原本东方是没有这样的思想的。“靠女人”被认为是“有男子汉气概”的反面，女人这一概念大约与崇高、永恒、严肃、清净相去甚远，甚至是正相反的。可在平安时期贵族的生活中，就算女人没有凌驾于男人之上，至少也与男人同样自由，男人对女人的态度，不像后世那般霸道，而是非常尊敬、非常柔和，有时甚至是世间最美的、最高贵的。比如《竹取物语》中辉夜姬小姐最后升天的情节，是后人想象不到的，我们很难想象戏剧和木偶戏中出现的女人，穿着那样的服装直接升天的情景。《心中天网岛》中的小春和《冥途的飞脚》中的梅川虽然可爱，也不过是哭倒在男人膝下的女人。

从《古今著闻集》我又想到了《今昔物语》本朝部第二十九卷

中的《不被知人女盗人语》，这是日本少有的描写女人实施性虐待的案例，它描写了一位女人受到惊人的可怕的性欲驱使，而去鞭打男人。这应该是东方最古老也最稀有的一部作品了吧？

“……这家白天只有两个人，女人道：‘好了，请进吧！’便把男人带进里院的独立房间，把男人的头发束起来，捆在木制刑具上，脱掉他的和服，露出后背，把腿抬高捆起来。女人则戴着乌纱帽，穿着水旱袴男士和服，露出一只肩膀，手拿鞭子，猛抽了男人后背八十下。然后女人问：‘怎么样？’男人说：‘这几下没什么感觉。’女人说：‘我就知道。’接着把据说有止血效果的窑土融化在热水里让其服下，再让其服用优质的醋，最后洗净泥土让他睡觉，休息两个小时，状态恢复后，再为其送来比平时更丰富的膳食。之后精心护理，三天之后，后背的鞭伤将好之时，还是把男人同样地绑在刑具上，继续抽打之前有伤的部分。尽管已经皮开肉绽，依旧是八十下。女人问：‘还能受得了吗？’男人则毫不动摇地答道：‘没关系。’这次女人会比第一次更觉得赞叹，更加精心护理。然后再隔四五天，还是同样的方式抽打，男人还是同样说：‘没问题。’这次女人会抽打肚皮，男人仍说：‘不疼不痒。’女人则产生无上的赞许之情……”

后世作品中残忍的女贼和毒妇也不少，但像这种嗜虐性的女人，特别是喜欢抽打男人的事例，就是在荒唐无稽的通俗读物中都很少看到。

这些是有点极端的例子，但是不管是前文的敦兼，还是这个故事中的女贼(3)，感觉平安时期女性的整体地位是高于男性的，男人对女人较温柔。看《枕草子》就知清少纳言在宫中也经常令男人认输低头，若读那时的日记、故事、互赠的和歌，就会发现女人是被很多男人尊敬的。有时男人还会主动表示出哀怨的态度，但这绝不会影响到男人的志气，这点与后来不同。

《源氏物语》的主人公妻妾成群，表面上好像把女人当玩物。但是，制度上的“女人是男人的私有物”，与男人心理上“尊敬女性”也未必就是矛盾的。财产中有的部分是贵重物品。在自家佛坛上供奉的佛像，当然是私有物品，但人们仍然会跪在佛像前，双手合十，如果偷懒了还担心佛祖责罚。我在此提出的，并非社会经济结构中的妇女的地位，而是男人总感觉女人是“高于自己”“贵于自己”的。光源氏虽然不能显露出对藤壶的向往之情，但应该是接近这种感觉的。

西方的骑士精神中，骑士的忠诚与崇拜的目标是“女性”。他们为了心中尊敬的女人，提高自己、勉励自己、给自己勇气。也就是说“男子汉气概”和“渴望女人”是一致的。近代也是如此。但是在东方就没有类似汉密尔顿女士和纳尔逊、约翰·穆勒夫人与其丈夫那样的关系。

日本为何在武家政治兴起、确立武士道之后，开始轻视女性，甚至视女性为奴隶了呢？为何认为“对女人温柔”与“武士气质”不相符，而把它视为“流于软弱”了呢？这是个有趣的问题，要是探求起来就长了，我在下文中也会涉及，便不在此论述。无论如何，在国风如此的日本，是不可能有发达的、高尚的恋爱文学的。井原西鹤、近松门左卫门等人的作品，在某些方面绝不比西方文学逊色，但是说实话，德川时期的恋爱文学不管是多么天才的作品，毕竟是市井平民的文学，难登大雅之堂。这也有道理，他们自身贬低女人、轻视恋爱，如何能创作出格调高尚的恋爱文学呢？在西方，就连但丁的《神曲》，不都是源于诗人对维阿特里斯的爱吗？其他的，不管是凯特还是托尔斯泰，那些为人景仰的作品中常常有描写通奸、失恋自杀等有失道德的情节，这些高格调的东西确实不是我们元禄文学能够比肩的。

想来西洋文学一定对我们产生了各种各样不小的影响，其中影响最大的是“恋爱的解放”，更直白地说是“性欲的解放”。

虽然明治中期兴盛的砚友社文学还残留着德川时代戏剧作家的气质，但随着文学界和演艺界运动的兴起，自然主义大行其道，我们已经忘了祖先给我们留下的要藐视恋爱、肉欲的警告，扔掉了旧社会的礼仪。若试着比较一下红叶和红叶之后的大作家夏目漱石的作品，可以看出，看待女性这件事发生了很大变化。漱石先生是屈指可数的英文作家，但他绝不是一个西化之人，而是更偏东方的文人型的作家，但即便如此，《三四郎》《虞美人草》中的女性也是在红叶作品中极少见到的。这两者的差异不是作家个人的差异，而是时代的差异。

文学在反映时代的同时，也先时代一步，有时会为我们指引方向。《三四郎》《虞美人草》等作品中的女主人公，并非是以柔和端庄为理想的旧式日本女人的后代，而是总让人觉得她们是西方小说中的人物。这些人就算实际上在当时存在得不多，但社会早晚会出现“觉醒的女人”，且梦想着这一天的到来。和我同时代出生、立志从文的青年们，多少都抱着这样的梦吧。

但是，现实与梦想总有差距。要想让背负着古老又漫长历史的日本女性在地位上与西方女性平起平坐，需要数代人精神和肉体双重的修炼，这不是我们一代人能完成的。直截了当地说，首先是西式的姿态美、表情美、步伐美。无须多言，若想让女子在精神上有优越感，就要让她们的身体先美起来。仔细想来，西方有古希腊的裸体美的文明，今天，在欧美国家的城市街头依然可见女神雕塑，在那样的环境中长大的妇女们自然具备匀称的身材和健康体魄。若我们的女性想真正与她们拥有同样的美，那我们就要和她们听同样的神话故事，把她们的女神奉为我们的女神，把她们有数千年历史的美术移植到我们国家。事到如今我才敢坦诚地讲，青年时代的我也描绘过这荒谬的梦，并为它难以实现而感到无限惆怅。

我认为，正如有“崇高的精神”那样，也有“高贵的肉体”。但是日本女人中拥有这样肉体的人极少，就算有也是红颜薄命。西方认为，女人最美是三十一二岁，也就是婚后的数年，而日本则认为，从十八九岁开始，顶多到二十四五岁的处女时代，才偶见闭月羞花的美人，且这种美人在结婚后也会幻灭。偶尔也有某夫人、女星、艺伎等名声在外的美人，但这些人大多是女性杂志封面上的美人，若你离近看，会发现她们皮肤松弛、脸上有抹得不均匀的白粉和色斑、眼角有操劳家庭琐事的憔悴或者房事过度导致的疲劳。特别是，可以说没有一人能保持少女时代雪白的酥胸和那感觉会断的小蛮腰。可以佐证这一点的是，年轻时喜欢穿西式服装的女人，一过三十岁，肩膀的肉就会瘦削下去，腰部愚蠢臃肿，这样的身材实在穿不了洋装。最后她们会通过巧穿和服和化妆来营造出美的样子。虽然有一种淡淡的美，但不是那种让男人下跪的高贵的美。

因此，在西方存在“圣洁的荡妇”和“淫荡的贞女”，这在日本是不可能的。日本女人一旦变得放荡，就会失去处女的健康和端庄大方，气色和体态日渐衰退，最后变得如卖淫女一般低俗不堪。

我在某本书上读到一个女人平时要注意的问题。应该是德川家康说的，他说女人不能一直躺在丈夫的床上，房事之后应尽快回到自己的床，这是得到丈夫长久喜爱的秘诀。这个提议非常好地体现了日本人“过犹不及”的思想。不过像家康这种有着超群体魄和精力的人，都有这样的想法，让我稍感意外。

从前我在《中央公论》杂志上介绍过一个室町时代的小说，叫《三人法师》。如果读过的人应该记得其中有这样的情节：足利尊氏的家仆中有一个叫糟屋的近侍，有一次他偷偷看到了高贵的二条殿家的女眷，便一见钟情，害了相思病。南北朝时代的武士身上还是有王朝时期的儒雅之风的，后来这件事传到了尊氏将军耳朵里，将军亲自写信为糟屋牵线搭桥，命近侍佐佐木为使者，前往拜访二条殿家。“……这件事情好办，我写封书信，让佐佐木送到二条殿家……”小说是以糟屋的口吻叙述的，“……二条殿家的回复是这样的：这位女眷叫尾上，虽然不可能下嫁给下人，但可请那个男人过来。将军特意把这封信送到了我住的地方。这是多么难得的机会啊！我难报将军之恩。可即便如此，红尘真是乏味无趣。就算我能见尾上小姐一面，也不过是黄粱一梦，不如我现在就出家。但转念一想，我爱上了尾上小姐，将军为我牵线，若此时突然产生出家的想法简直是人生的耻辱，哪怕只能见一晚也好，之后的事情就随它去吧。”糟屋如此表达着他当时的心情(4)。

对于一个地位低下的武士来说，尽管对方地位远在自己之上，但是一个独当一面的近侍得了相思病，凭着主人的热心好意，愿望终将实现，这简直是天降喜悦，本人也说“难报将军之恩”，可就在这之后却产生“可即便如此，红尘真是乏味无趣。就算我能见尾上小姐一面，也不过是黄粱一梦，不如我现在就出家”的想法，这真是非常奇怪的心理。若是平安时代的贵族那另当别论，但作为尊氏将军的部下，也应几次征战沙场，有如此胸怀之人却有这般想法，便令人觉得不可思议。

我记得西方有一个谚语，大意是说“天上苍鹰不如手中麻雀”。然而这个武士，虽说他是爱上了高枝，很意外地就要有机会接近她，那份喜悦还未实现之时，按说应该正是沉浸在幸福的想象中的时刻，可这时他却很快产生“红尘真是乏味无趣”的遁世想法。虽然后来他反应过来，觉得“将军为我牵线，若此时突然产生出家的想法简直是人生的耻辱”，但他并不是一旦到手就绝不放开，彻底地寻欢作乐，而是抱着“哪怕只能见一晚也好，之后的事情就随它去吧”的心情去了尾上小姐处。想来这种心理只有日本人有，估计西方人和中国人中都没有。

刚才提到的家康的教诲，当然可能不适用于超乎常规的恋爱或一时热血沸腾的关系，但至少对婚姻生活中的夫妻来说是非常适用的。实际上丈夫比妻子——只要他是日本人，他都会深有同感。我至今能想到的，妻子就不用说了，就算对待恋人，在结束后的一段时间内——短则两三分钟，长则一晚、一周甚至一个月之内是想避开不见的。回忆过去的恋爱生活，没有这种感觉的“对象”和“场合”屈指可数。

其中可能有很多原因，总之日本男人在这方面比较容易疲劳。因为过早感到疲劳，这种疲劳感作用于神经，便觉得自己好像做了可耻的事，心情变差、情绪消极。抑或因为传统的鄙视恋爱和情色的思想深入骨髓，更使心情抑郁，反而影响到了体力。不管是哪种，可以确定的是我们在性生活方面是非常平淡、无法承受过于刺激的淫乐之事的人种。这件事如果去问横滨、神户一带港口城市的卖淫女就能知道，据她们说，与外国人相比，日本人在这方面的欲望要小得多。

但是我并不想把这个归结为我们体质弱。就算我们今后大力发展运动（顺便说一句，西方人喜爱运动这一点一定与他们的性生活有密切的关系。这与为了大快朵颐吃饱喝足就得先饿着肚子是同样的道理），拥有了和西方人一样强健的体魄，我们就能变得和他们一样热衷情色之事吗？整体来看，我们在其他方面是非常勤奋、精力旺盛的人种，这一点无论是对照过去的历史，还是看当今的国势，都是非常明确的。我们对性不热衷，并非体质原因，而是受到气候、风土、食物、居住环境等多方面条件的制约。

关于这一点，我想起西方人在日本待久了，会觉得脑子变笨了，身体也懒洋洋的无精打采，然后就是无法工作。所以他们四年回国一次，在家乡待上一年半载再回来。若没有这么长休假时间的人，他们会搬到日本相对接近欧美气候的地方。据说信州的轻井泽就是这个原因开发起来的。日本比欧美湿气大很多。连我们自己一到梅雨季节都会觉得神经衰弱、手脚发懒，对于没有入梅这一现象的空气干燥的国家的人来说，在日本待着可能觉得全年都像梅雨季。话虽如此，世界上也有比日本还潮湿的地方。我的一个在公司任职、长期被派到印度孟买工作的朋友，听他偶尔回国时说："啊，整年都是桑拿天，浑身发黏，真是受不了了。要是还让我去那种地方还不如辞职呢！"我问他："那你不是也有机会回国休假吗？"他说："四年只能回来一次，真是受不了了。你试试长时间生活在那种地方，不管是谁，脑子都会变傻，浑身甚至骨髓都会腐朽，所以不管是日本人还是洋人，大家都不愿意去。"最后这个朋友真的从公司辞了职。想来这么多在日本生活的外国人，其中一定有人觉得被派来日本，就像我这位朋友被派往孟买的心情一样。

我不知道气候过于干燥对于人健康的影响。不光是性，比如说吃了油腻的食物、喝了烈酒，在这些浓烈的享乐之后，若能接触凉爽的空气，能抬头仰望澄碧的天空，就能恢复身体上的疲劳，头脑也会再次清晰起来。可是湿气重的国家雨水多，能看到碧空的时间较少，特别像日本这样的岛国，除非是远离海岸的高原之地，否则就连冬天空气也是潮湿的，刮南风的日子，黏黏糊糊的海风吹在脸上，身体直冒油滋滋的汗，头也觉得疼。我不是旅行家，说得可能不准确，恐怕日本国内，相对而言雨水较少、温暖且比较干燥、交通也算便利的地方要数我现在住的六甲山麓一带和从沼津到静冈的那条沿岸线了。曾经有段时间医生建议身体虚弱的人搬到海滨地区居住，于是东京的去湘南地区，京都大阪的去须磨明石那边疗养成为一种流行，现在也能看到居住在镰仓一带每天去东京上班的人。但是以我的经验，海边的冬天暖和是暖和，可是刮着温热的海风的日子也多，和服很快就会湿得粘在身上，血也会“嗡”的一下涌上脑子。就算一二月份还能忍受，三四月份就开始痛苦了。若到了盛夏的桑拿天，镰仓一带要比东京热得多，我真不知道去那种水难喝、蚊子多的地方避暑到底是为了什么。可能是我这人比一般人更容易上火，鹄沼、小田原都住过，反正脑袋不觉得钝钝地发疼的日子很少，特别是在小田原还得了严重的神经衰弱，体重骤减。京都大阪的须磨明石也大致如此，从那里一直往西到中国地区，虽然雨水少，看上去比较乐观，但其实空气非常潮湿发黏，从樱花季开始就又闷又热，到了晚上无风的季节，会感觉手脚都快溶化了，自己的身体就不用说了，大海和树叶都像刚画好的油画，闪着油光，浑身是汗。

因为这些原因，日本本岛的大部分地区是这样潮湿发黏的气候，实在不适合那些浓烈的享乐。法国那边虽说夏季也是酷暑，但是出的汗很快就干了，身上绝对不会黏黏的。只有在这样的地方才能不腻烦地沉湎于性爱，如果待着不动都会觉得头疼、饥饿困顿，那时不可能想起酒肉声色的。实际上在濑户内海地区的傍晚，就连喝一口啤酒，身体都会马上黏起来，和服的领子和袖子马上就被分泌的油脂和汗液浸湿，光是躺着就觉得身体要散架了。这种时候是不会有任何性欲的，房事光想想就觉得非常腻烦。再加上气候如此，饮食也清淡，居住的空间也开放，这些都有很大的影响。贝原益轩推荐白天进行房事，认为这是适合日本风土的特别的健康法，因为这样结束之后可以看一看晴空中的太阳、泡个澡、散散步，这样不会陷入郁闷，疲劳感也会快速消失。无奈，普通人家没有一间私密的房间，这也应该是难以进行的原因。

若是这样的话，在印度和中国南部等湿润国家生活的人，应该在性方面比我们更冷淡，可事实并非如此。他们的饮食比我们重口味得多，他们居住的空间比我们的结构要好，所以感觉他们也应该爱好享乐之事。另外，中国南方自古就有被北方少数民族征服的历史，还有印度的现状，感觉他们可能在这些事上消耗了太多的精力。资源丰富的国家的人民这样做也许没问题，若像日本人般勤奋、性急、好胜，且生活在贫穷的岛国的人，是真的无法模仿他们的。无论是好是坏，总之，我们若不刻苦勤奋，武士钻研武艺，农夫辛勤耕作，整年不放松地勤劳工作的话，我们的国家是不成立的。若稍稍放松像平安时期的公卿权贵那样过安逸生活的话，很快就会被周边的大国侵略，变得同朝鲜、蒙古、越南一样。这件事从古至今从未改变，而且我们是非常要强好胜的民族。我们今天身在东亚却能跻身世界一流国家之列，可以说是因为我们不贪图享乐的原因吧。

因为我们是鄙视露骨表现恋爱且色欲寡淡的民族，若读一读我们的历史，一律没有关于在背后做着工作的女性的明确记载。我因为职业关系，经常想以过去的人物为题材撰写历史小说，但困扰我的是，我查不到这个人周围的女性的作用和故事。无须赘述，历史上的英雄豪杰一定在私下里有恋爱之事，不忌讳这方面，把它描写出来，人物才能更加立体真实。像太阖送给淀君的情书这种珍贵的资料，能流传至今的真是少之又少，就算偶尔有，也是历史专家费尽周折收集来的一两篇而已。就连历史上的著名人物，我们都不知他是否有正室。母亲肯定是有，但是看过各家家谱的人都知道，很少有关于母亲出身、教养、经历的记载，很多时候甚至连名字都不提。其实在日本，自古以来写家谱，上至皇族下到普通百姓，主要是为了详细记述男性的活动，女性一般只简单写一个“女子”或“女”字，通常连生卒年份和名字都不会写。也就是说，我们的历史中有一个个具体的男性，却没有具体的女性。正如家谱中所记，女性永远仅仅是一个“女子”或“女人”。

《源氏物语》中有《末摘花》这一卷。为光源氏物色美人的大辅命妇介绍已故常陆亲王的女儿时这样说道：“我不太了解她的品性和容貌，只知她性格内向，少与人来往。若有事时，则隔着屏风与人交谈。琴是她最好的朋友。”在一个秋夜，大概是二十日左右，月亮出来之时，光源氏偷偷地前往了她穷困且无人问津的住处。常陆亲王的女儿非常害羞，命妇一直劝她与光源氏见面交谈，常陆亲王的女儿性格柔顺(5)，便说道：“如果沉默不语，不回答也可以的话，那就隔着门见面吧。”命妇说把光源氏隔在门外太过失礼，因此请光源氏来到相邻的房间，二人隔着中间的推拉门交谈。光源氏虽然看不到常陆亲王女儿的样子，但是“常陆亲王的女儿被侍女劝着向前坐一点，这时，我闻到了淡淡的衣袖香，感觉她是个稳重大方之人”，这是光源氏的感觉。之后不管光源氏说什么，门后面的常陆亲王的女儿仍是一言不发。后来，光源氏吟唱道：

千呼万唤卿不语，幸得为吾倾耳听。

若卿嫌恶望直言，模棱两可闷煞人！

这时，常陆亲王女儿身旁的一位侍女，模仿着小姐的声音答道：

闻君此言口难开，且以沉默作应答。

就这样进行了一番对话，最后，光源氏拉开门进入了小姐的房间，与常陆亲王的女儿共度了良宵。但因为室内昏暗，光源氏没有看清楚对方的样子。从此以后，光源氏常去常陆亲王女儿的住处，但是一直不知她的相貌如何。在一个下着雪的早晨，光源氏亲自打开朝向庭院的窗子(6)，看着眼前的积雪，他对小姐说道：“你不和我一起看看这黎明的天空的颜色吗？卿总是这么疏远见外，实在是令我苦不堪言。”听了这话，小姐身旁的老妇们劝说她：“小姐这样不合礼节，快点出去吧。”小姐终于梳洗打扮，走到了明亮的地方。

原来，小姐的鼻尖有一块红斑，因此光源氏为她起名“末摘花”。光源氏看到她的样子后兴致全无。这成了一个有些滑稽的故事。可这样滑稽的故事能够成立，说明当时常去幽会却不知对方长什么样子的情况非常常见。就连作为介绍人的大辅命妇都说：“我不太了解她的品性和容貌……若有事时，则隔着屏风与人交谈”,可见她还未睹其真容，恐怕也只是隔着帷帐或者屏风之类的说过话。大辅命妇只有一句“琴是她最好的朋友”，如此简单、令人心中没底的介绍和游说，虽说也是一种介绍方式，可是仅仅知道这些就去见面，在还不知长相的情况下就几次前往幽会，现在想来不得不说光源氏也是个好奇心异常旺盛的人。若是重视个性的现代男子，一夜的戏弄可能不好说，恐怕做梦都想不到用这种方式去享受真正的恋爱。正如前文所述，在平安时期的贵族中，这是非常普遍的。女子是“深闺佳人”，房间中垂着翠帐红帏，若赶上采光不好的房间，白天屋里都是偏暗的，更别说是点着昏黄灯光的夜晚了。可以想象在一个房间中就算离得很近应该也很难看清对方的样貌。当时的女子就是在这样昏暗的房间，挂着帷帐、门帘，默默地生活着，所以男人能感到的女人，也许只有衣裙的声音、焚香的香气，就算非常亲密地接触，也不过是皮肤的触觉和像瀑布般垂下的黑发这些而已。

这里稍微说点题外话，是十年前的事了，那时候我在北京，即现在的北平，感受到夜晚真的是完全黑暗的。最近听说那里也有市营电车，晚上街道也变得明亮热闹了，十年前正是第二次世界大战期间，除了城外红灯区和戏院等热闹的地方之外，真的是太阳一下山，天就完全黑下来了。大路上还有些许灯光，稍微走进路边的胡同里，真的是漆黑一片，连萤火虫般的灯光都没有。不管怎么说，那里的住宅区都围着高墙，像一个个小城郭似的。大门口沉重得密不透风的木板门紧紧关着，里面还有一种叫“影壁”的、像隔扇屏风般的东西，层层地遮挡和紧锁的大门，不会透出来一点屋里的光亮和人说话的声音。有些恐怖的、废墟般的高墙在暗夜里沉默地排列着，一开始我只是漫不经心地走在那墙与墙之间曲折狭窄的胡同小路上，可无论怎么走，都是那浓郁、安静的黑暗，一种难以名状的恐惧感突然袭来，我像被什么追赶着似的拼命往外跑。

想来近代的城市人应该不知道真正的黑夜吧。啊，不，不光是城市人，现在就连偏僻山村里都有铃兰灯，黑暗的领域渐渐被驱逐，人们都忘了夜的黑暗。我走在那个时候的北京的夜里，就感到这才是真正的夜晚，我已经把夜的黑暗忘得太久太久了。我小时不记得多少次在路灯下睡觉了，北京的夜让我想起小时候那可怕骇人、清冷寂寞、粗陋脏乱、乏味无趣的黑夜，让我突然有一种奇妙的亲切感。

明治十年后出生的人应该还记得，那时候东京的黑夜和十年前的北京的黑夜很相似吧。从位于茅场町的自己家到蛎壳町的亲戚家，虽然只是过个桥、仅有五六町的距离，我记得也经常是和弟弟气喘吁吁地拼命跑过去的。当然那个时间，就算城区中心都不会有女人在夜晚独自出来行走。若十年前的北京、四十年前的东京都如此的话，距今近千年的京都的夜晚得是多么漆黑、多么寂静啊。想到这儿，我联想起“乌珠之夜”“夜之黑发”这样的词，这让我一下理解了那时女子的那种幽婉的、神秘的感觉。

“女人”和“夜晚”从古至今都是附属品。但是现代的夜晚比充满阳光的白昼更炫目，那绚丽的光将女人的裸体照得一览无余，相反，古时的夜在神秘黑暗的幕布中，闭门不出的女人们更是被包裹在这一片漆黑当中(7)。不要忘了渡边纲在桥上碰到女鬼，赖光被土蜘蛛精缠身，都是在这样可怕的黑夜发生的事。不管是藤原敏行的“住江岸，浪花涌，白昼难相见，梦中亦未现”，还是小野小町的“思君夜，反穿衣，盼君入梦来”，或是其他古人在和歌中关于夜的歌咏，只有先理解了真正的黑夜，才能切身体会歌咏的意境。我想，在古人的心中，白昼和黑夜是完全不同的两个世界吧？白昼的明亮和夜晚的黑暗是多么截然相反的存在啊。一旦天明，昨夜那极其黑暗的世界立即消失远去了，只剩晴空万里、艳阳高照。仰望天空，只感觉夜晚是如此虚无缥缈、奇异梦幻，好像这世界以外的存在。和泉式部唱道："枕君入眠，恍如春梦。"若想到那无常又短暂的夜晚中的绵绵私语，就算不是和泉式部，也能感到"如梦般短暂"吧。

女人其实就是永远隐藏在黑夜之中，白天不见踪影，仿佛是那"如梦般"的世界的幻影。她们像月光一样皎洁，虫鸣声一样幽微，露水般脆弱，她们是暗夜中的自然界孕育出的冷艳的精灵。从前男女互赠的诗歌中常把爱情比作月光、露水，这绝不仅仅是我们想象的那种表面含义的比喻。共度良宵后分别的清晨，任露水沾湿衣袖，望着男人踏着庭前青草离去的背影，露水、月光、虫鸣与爱恋的关系实在太密切了，有时甚至让人感觉是一个整体。人们总是批判《源氏物语》等小说中出现的女人在性格等方面都一样，毫无个性可言，可是古时的男人并非爱恋着女人的个性，也并非被特定的女人的容貌之美、肉体之美吸引。对于他们来说，女人就如亘古不变的月亮，永远只是一个女人而已。他们所认为的女人，不过就是在黑夜中听到的那细微的声音、嗅到的衣裙香气、碰到的头发、接触到的柔软的身体，而且这一切在天明之时就会消失。

我曾在小说《食蓼虫》中，借着主人公的感想，记述了以下关于剧场中的木偶剧的内容(8)：

……若耐心地盯着看，就会慢慢忘掉那在背后操控木偶的演员，小春已经不是文五郎手中抱着的仙女了，她端正地坐在榻榻米上，栩栩如生。话虽如此，木偶剧和演员扮演的感觉是不同的。不管梅幸和福助两位演员的演技多么精湛，依然会让人觉得“是梅幸啊”“是福助啊”，但小春只是小春。虽说不像演员那样有表情，总感觉少点什么。想来从前花街柳巷的女子，并不会像如今戏剧中的人物那样，喜怒哀乐都写在脸上。生活在元禄时代的小春恐怕就是一个“木偶般的女人”吧。就算事实并非如此，来看木偶戏的观众心目中的小春也不是梅幸和福助演绎的那种，而是这个木偶的样子。从前的人心目中理想的美人一定是不轻易展露个性、小心谨慎的女人。因此，用木偶演绎小春正合适，如果附加很多特点的话也许适得其反。从前的人可能觉得小春、梅川、三胜、阿俊都是同样的面孔。也就是说，木偶小春才是日本传统的“永远的女性”的模样……

这个并不仅仅限于木偶独角戏，看卷轴画或浮世绘中的美人也有同样的感觉。不同时代、不同作者笔下的美人虽说多少有些变化，但比如有名的《源氏物语绘卷》等卷轴画中的美女，都长着同样的脸，完全没有个人特点，甚至让人觉得平安时代的女人都长得一样。浮世绘中，除了演员的头像速写画以外，关于女人的容貌，虽然歌磨有歌磨喜欢描绘的脸，春信有春信喜欢的脸，但同一画家只画一种面容。他们笔下有娼妓、艺伎、良家女孩、女眷，等等，但不过是同一张脸，穿着不同的衣服梳着不同的发型而已。我们可以从各个画家描画的理想的美女的样子中，想象出有共性的典型的美人的样子。毋庸置疑，从前的浮世绘巨匠并非察觉不出模特的个人特色，也并不缺乏把它们表现出来的绘画技法。也许他们绘画的心得正是去掉那些个人色彩，才有别样的美。

东方的教育理念多与西方不同，东方教育是要尽量抹杀个性。比如文学艺术领域，我们的理想不是创造前人未涉足的独特美，而是想尽可能达到古圣先贤的境界。文艺的极致——美这件事从古至今从未有变化，历代的诗人和歌人只是重复歌颂同一种东西，绞尽脑汁想攀登高峰。一休禅师有一句歌叫“攀山路有歧，同见高峰月”。正如松尾芭蕉的境界归根结底与西行相同一样，就算时代不同、文体和形式不同，但殊途同归，大家向往的终点是那“高峰之月”。这个道理看绘画，特别是文人画就能明白。文人画擅长表现的山水也好，竹石也罢，即便画家的技巧千差万别，可画中的神韵——可以说是禅味，或是风韵、烟霞之气，总之，那种到达悟道境界的美感总是相同的，毕竟文人画家的终极目标就是画出这种高雅脱俗之趣。文人画家经常在自己画作标题处附上一句“仿某某之笔意”，其实是循前人之迹的谦虚之意。如此想来，自古中国绘画赝品众多，且赝品制作精良，但这未必是匠人存心为了欺骗。也许对他们来说，各人的功名不重要，努力使自己靠近古人、与古人合一才是乐趣。可以佐证这一观点的是，虽说是仿制的赝品，但实际上是刻画得非常细腻的工笔画，要想画得如此精良，需要绘画者高超的技艺和极大的制作热情，若没有强烈的意愿是仿不到那样的水平的。若仅为高度再现古人美之境界，而不为沽名钓誉，那不管作者的名字是谁，应该都是可以接受的。

孔子的理想是复尧舜之政，经常宣讲“先王之道”。这种不断模仿古人，重兴古道的倾向是妨碍东方人进步发展的原因，但是无论好坏，我们的祖先都是如此作风，在伦理道德修养方面，比起树立自己，而是把遵守先哲之道放在首位。特别是女人，泯灭自己的天性、忘掉自己的感情、埋没自身的长处，只是努力去扮演典型的“贞女”的角色。

日语中有“色气”这个词。这个词很难翻译成西方的语言。最近，美国小说家艾莉娜·格林发明的“it”一词从美国传了进来，可这与“色气”的含义相去甚远。像电影中克拉拉·博那种丰满性感的女人，恐怕是和“色气”最不沾边的女人了。

从前经常说，家里有公公或婆婆，媳妇反而会更有魅力，丈夫会更喜欢。如今结婚的人，大多不与父母同住，可能不太理解这种心理。媳妇平素彬彬有礼落落大方，但她们一边顾虑着父母，一边在背地里紧紧抱住丈夫寻求爱抚的样子，对于大多数丈夫来说，都是一种难以名状的诱惑。比起露骨放纵的表达，这种压抑在心里的、想要包起来却不时无意从语言或动作中流露出来的性感，更挑动男人的心弦。若没有了那种柔弱的神韵，越积极主动就越被认为“没有色气”。

“色气”是无意识中流露出来的，有人天生自有风韵，有人则不然。如果骨子里没有这份性感，硬要展现出“色气”，就会给人一种很不舒服很不自然的感觉。有的人容貌漂亮却不性感，相反，有的人虽然容貌不美，但是声音或者肤色、身材，却有一种不可思议的风流姿态。若仔细去看每一位西方的女人，她们也一定有这样的差异，但是她们在化妆、表达爱情方面都太有技巧、太具有挑逗性，所以她们的“色气”大多时候都被隐去了。

天生就有风韵的人就不必说了，即使天生没有，只要将自己感情或欲望包好，深埋心底，自然就会流露出别样的风韵。从这一点想来，以儒家、武士道精神教育女子，即培养女大学生式的贞洁女孩，在一半意义上就是最好的“色气”教育了。

东方女人虽然在体态和骨骼上不如西方女人美，但是皮肤的细腻和纹理上是优于她们的。这不仅是经验不多的我这么认为，很多博学多识的人也这样认为，西方人中有同感的也不在少数。关于这一点，我还想再进一步阐述，在手感上（至少对于我们日本人是这样的），也可以说东方女人胜于西方女人。西方女人身体的光泽感、匀称感，远看是非常有诱惑力的，可是近观会看到粗糙的纹理、生长旺盛的汗毛，让人一下就回到了现实。而且，看上去四肢是细长纤瘦的，感觉应该是日本人喜欢的那种紧实的触感，可若用手抓一下，肉乎乎的非常柔软，缺乏紧致和弹性，没有充实的手感。

换句话说，从男人的角度来讲，西方女人只可远观而不可亵玩焉，东方女人则正相反。据我所知，中国女人的皮肤是最光滑、最细腻的，日本人也比西方人的皮肤要细腻敏感得多。就算肤色不如她们白皙，可有时那略带微黄的肤色反而更有质感、更添含蓄。毕竟，从《源氏物语》的古代到德川家康的时代，日本男人都未在亮处清清楚楚地看过女人的身体，总是在昏黄的闺中，仅靠手去触摸和爱抚身体的一部分，那么这种对偏黄肤色的喜爱也在情理之中了。

克拉拉·博式的“性感”，与女大学生式的“色气”，偏爱哪种因人而异。但是我担心的是，像当下这种美国式暴露狂的时代——各种杂志盛行，女人的裸体越发常见的时代，“性感”的魅力会不会逐渐消失呢？无论是怎样的美人，一旦一丝不挂，就再没法进一步展露身体之美了，若大家对于赤裸的身体都麻木了的话，那苦心营造的性感也就再难以摄人心魄了。

《倚松庵随笔》（一九三二年四月刊）眉批：

（1）西方人介绍奈良古代美术，并且发现了日本画家狩野芳崖、桥本雅邦的厄尼斯特·弗朗西斯科·芬诺洛萨另当别论。

（2）刑部大臣敦兼乃相貌奇丑之人。而他的妻子艳丽夺目，光彩照人。一次，他的妻子去看五节舞，看到众多美男子后，对自己丈夫的丑貌感到可悲可叹。回家后，妻子一言不发，也不与敦兼对视，一直后背相对。敦兼一开始不知为何，后来妻子对他越发厌倦，甚至在他身边都感到痛苦。一天，敦兼从宫中回家，已是深夜，房间中却没有掌灯，脱掉官服后也无人帮忙折叠整理。侍女们都看着夫人的眼色，无人前来。敦兼无奈，推开门廊边的角门，一个人看着外面发呆。夜愈发深沉，愈发宁静，清冷的月光和冷风打遍全身。他对妻子又爱又恨，于是整理心绪，拿出筚篥，吹出了一曲应景、寂寥的歌曲：

篱笆墙内白菊淡，心上之人已走远。

歌声一遍遍传来，妻子听了那忧伤的歌声，终于回心转意。从此夫妻恩爱，幸福美满。真是一位善解人意的妻子啊。——《古今著闻集》

（3）《今昔物语》中除此以外还有很多女贼的故事。已故的芥川龙之介的小说《偷盗》也是从《今昔物语》中得到了灵感，以王朝时代的女贼为主人公的故事。

（4）下文是：

一天晚上，我没有过分打扮，只是稍微认真地整理了一下穿戴，带了三位年轻侍从，指了领路人，于夜深之时前往二条殿御所。随后被引到了有不少屏风和唐画装饰的房间，有五六个打扮华丽的侍女站在那里。先是喝酒、品茶、品香，进行各种游戏。可是不知哪一位是尾上小姐。那日仅有一面之缘，今日在众多美女中实难辨别。此时，一位女子端着酒杯走到我旁边，隔着一人，为我斟酒。我终于明白，这人就是尾上小姐，便接过酒杯一饮而尽。后来，东方黎明，雄鸡报晓，钟声响起，我与尾上小姐依依惜别，许下长久的诺言，在黑暗中小姐起身离去，散乱的秀发、明艳的面庞、青黛朱唇、亲切可人。小姐走出角门，吟唱道：

与君偶相逢，今朝衣袖湿。

我对吟道：

卿泪藏心底，此情长相忆。

此后，我常去二条殿御所，尾上小姐有时也会屈尊来我的住处。有一天将军说这样太过辛苦，便……

由此可见，两人初次缠绵后，便一发不可收，已不是糟屋最初设想的那般了。但后来尾上小姐被盗贼杀害，糟屋最后遁世出家。总体而言，这是一个略显单薄的恋爱故事。

（5）《源氏物语》中的原文是："她性格柔顺，不强烈否定他人的建议，便答道：'如果允许我只倾听，不回话，那可以隔着格子拉门相见。'"

（6）《源氏物语》中的原文是："光源氏亲自推开格子窗，欣赏着庭前的雪景。皑皑大地，了无痕迹，不忍心走出去践踏了那洁白的积雪。光源氏埋怨道：'出来欣赏一下这景色吧。总是如此冷淡疏远，实在让我伤心。'外面天空仍有些暗，可积雪反射的光照在光源氏脸上，把光源氏映得比素日更英俊，年老的婆子们看到如此年轻俊美的光源氏，也都心生欢喜。老婆子们对小姐说道：'请小姐快过去吧，不能总是如此。坦诚相待就好了。'小姐虽是极内向之人，但绝不违背他人所言，于是便整理仪容，跪着一点点蹭了过去。"

（7）《拾芥抄》诸颂部中记载，古时的人夜间遇见了可怕的东西时会念诵咒语或吟唱歌谣。比如，做了梦之后会念：

"恶梦著草木，吉梦成宝玉。"

然后走到桑树下，将梦讲给桑树听，再将这句话念诵三遍。或者会向着东边洒水，重复念诵二十一遍：

“南无功德须弥严王如来。”

或者吟唱：

“唐国御岳之鹿若梦魇，口念咒语可消灾。”

若夜晚在路上遇到死人，则要吟唱：

“我行夜路遇见你，黄金万两赠予你。”

看到鬼火时，则要吟唱：

“遇到鬼火，不知何人，已系下裾。”一边唱，男人系和服左侧下摆，女人系右侧下摆。虎鸫鸣叫时，要吟唱：

“虎鸫墙头叫，无魂被召去。”

若叫死虫鸣叫，则吟唱：

“叫死虫莫在此鸣叫，请去异乡人坟前叫。”

除此以外，还记述了，走夜路时要边走边在左手掌心写“鬼”字。

（8）请参照改造社出版的《食蓼虫》第四十五页至第四十六页。

厌客

我读过寺田寅彦的一篇随笔，其中写及猫的尾巴。他说不知道猫长着那样的尾巴是为何用，看上去就是条长长的无用的东西，人类没长着这样累赘的东西真是幸运。我倒不同意寺田的观点，我经常想，要是我也长着猫尾巴这么方便的东西就好了。喜欢猫的人都知道，主人叫猫的名字，如果猫咪“喵喵”地回应一声代表它懒得动，这时它会默默地摇一下尾巴回应主人。当猫咪在连廊等地方趴着，前腿有礼貌地蜷起来，一副似睡非睡的表情，舒舒服服地晒着太阳时，你叫它名字试试看。若是人类的话，会觉得很烦，好不容易舒服地打个盹儿。这时人可能会懒洋洋地应付一句，或是干脆装睡不作声。而猫咪必会采取折中的办法，用尾巴来回应。它身体不动，耳朵会朝着声音的方向稍稍动一下，并停在那里一段时间。半闭的眼睛抬都不抬，保持那安静的姿势，继续迷迷糊糊的，只有尾巴的末端稍微动一两下给主人看。如果你执着地继续叫它，它会再动一下。两三次之内的话，猫咪会用这个方法来回应你。主人看到猫咪摇尾巴，就知道它还没有睡着，不过有时也许猫咪已经迷迷糊糊睡着了，只是尾巴条件反射似的动一下而已。不管怎么说，用尾巴来回应本身就是一种微妙的表现方式。懒得出声，沉默又显冷淡，那就用这个方法回应一下吧，或是说，很开心你叫我但是本人现在很困，请您原谅。这一简单的动作巧妙地显示出偷懒却又周到的复杂心情。没有尾巴的人类，在这种时候就没有巧妙地模仿的动作。虽然我对猫咪是否有这样细致的心理活动抱有疑问，从它尾巴的动作来看，我总觉得它在表达着这些。

我为什么谈起这个了呢？不知别人如何，反正我很羡慕猫咪，经常想自己要长了尾巴就好了。比如我伏案写作或冥思苦想的时候，有时家人会突然进来说一些琐碎的事。如果我有尾巴，就可以摇两下尾巴，同时继续我的写作或思考。比起这样的时刻，更让我深刻感到尾巴有用的是接待来客的时候。我讨厌待客，除了与志气相投或者内心敬重的朋友久别相聚，我几乎不会主动、开心地接待别人。基本上每次待客我都是不情愿的，除了洽谈工作以外，漫无目的地闲谈，十分钟到十五分钟是我忍耐的极限。每当这个时候，讲话的客人就自动成为自己的听众，自说自话，而我的心则跑到与谈话主题无关的地方去，把客人仍在一边，随性地展开想象，回到自己刚才创作的世界。虽然我时不时会回应一句“嗯”“啊，是”，可难免有时显出心不在焉、驴唇不对马嘴，有时又间隔太长时间。有时我突然意识到自己有些失礼了，便强迫自己集中注意力，可这徒劳的努力也终究坚持不了多久，没过一会儿我又开始神游了。这时候我就会想象自己长了尾巴，屁股会开始觉得发痒。我用摆尾来代替“是”“嗯”。与猫尾巴不同的是，想象的尾巴别人看不到，这很遗憾。但是在自己心里，有没有摇尾巴还是挺不一样的。即便对方不知，我在心里还是会摆着尾巴来回应对方。

我是什么时候懒得和人说话、讨厌待客，甚至开始羡慕猫咪的尾巴呢？这其中有何原因呢？我试着思考这个问题，却发现连自己都没有答案。像辰野隆这些我的老友们都知道，初高中、大学时代的我绝不是一个沉默寡言的人。辰野是众所周知的善于言谈之人，我也不逊于他。我能言巧辩，擅于用东京人特有的幽默犀利把人说得晕头转向。在说金句、开玩笑这方面我可是不甘人后的。开始变得沉默寡言是从执笔写作开始，若问是因为变沉默了所以讨厌接待客人，还是讨厌接待客人所以变得沉默了，我觉得应该是讨厌待客——或者说讨厌社交在先。若问为何成为创作者之后就讨厌社交了，其中有很多理由，在日本桥老城区的投机商人家长大的我有一种奇怪的架子，特别讨厌当时文人艺术家间的那种乡土气息。他们当中也有个别鹤立鸡群的东京人，但是以早稻田派自然主义者为首的那群人，大部分都是农村出身的人，所以他们也是很土里土气的。我曾经也受到了一些影响，把头发留得乱蓬蓬的，穿得脏兮兮的，但是没过多久我就受不了了，从此以后就尽量不打扮成穷酸文人的样子。不是洋装，就是像样的西服套装，或者黑上衣配条纹裤子，或者是晨礼服配圆顶礼帽。如果是穿和服，就在结成袖或大岛外面套件单色外衣，工整地系着腰带。这一身城里人的打扮，乍看上去像是商店的年轻掌柜。我的装扮引起了小山内等人的反感，说我装有钱公子令人生厌，所以我也慢慢开始和以前那些伙伴疏远了。讨厌乡土气息的我，也讨厌那些天真的书呆子。除非是特别值得交谈的人，否则我很少和人讨论文学艺术这些东西。并且我认为文学家没必要拉帮结派，应尽量保持孤独，这个信念至今未变。我之所以敬仰永井荷风，是因为他自始至终实践着孤独主义，没有哪个文人能像他那样坚决贯彻，始终如一。

因为上述原因，我开始讨厌社交，但我没想到自己会变得沉默寡言。因为我与人接触的机会不多，说话自然比较少，我一直认为，只要我想说就可以侃侃而谈，因为生来能言善辩、讲着一口流利的东京方言，只要我想说话自然能妙语连珠、口若悬河。可事实是，开始时可能的确如此，但不管什么能力，用得少了自然水平下降。慢慢地我变得不善言谈了，就算想像从前那样侃侃而谈也觉得心有余而力不足了。于是，我开始慢慢对说话失去兴趣，现在我六十三岁了，讨厌社交和沉默寡言的毛病日益严重，有时自己都不知该如何处理。要说沉默少言，吉井勇可能更胜一筹。可是吉井并非讨厌交际，他只是不善言辞，他会一直微笑着听对方说话，显得和蔼可亲。而我稍有不满就会写在脸上，如果感到无聊会在对方面前打哈欠什么的。我只有喝了酒才会变得想说话，但到底不及从前，不过就是比平时话密一点、声音高一点而已。所以对于现在的我来说，日常生活中最痛苦的事就是接待客人了。如果是痛苦但有意义的事情我也会忍耐，可是对于奉行前面提到的孤独主义的我来说，我觉得在想见的时候见想见的人，聊到尽兴就可以了，其他人尽量不要见。去拜访一个持这样想法的男人，不得不说客人也比较值得同情。可即便如此，客人们还是纷至沓来。战争时期，我躲到乡下，倒是免去了这些困扰。但是自从在京都安家后，来访的客人是一天比一天多了起来。

话说现在我也上了年纪，更加坚信我多年信奉的孤独主义了。之所以这样说是因为就算我再怎么讨厌社交，六十多年的人生中也认识了不少人，和年轻时相比，还是现在的交际圈更广。年轻时也许有必要多认识人、多观察社会，但是现在的我，不知道能活到多少岁，活着的时候要做的事情也已经明确下来了。因为这些工作量很大，难以全部完成，因此我想倾余生之力，一点点按照计划表来做事。所以，我已经没有精力和必要再去认识人、再去观察社会了。对于他人，我只求尽量别扰乱我执行计划。也许我这样说，别人会觉得我是一个拼命三郎，珍惜片刻光阴努力工作。事实与此相反。我从年轻起就比别人写东西慢，加上现在老了，身体出现各种症状——比如肩膀僵硬、眼睛疲劳、胳膊有时会神经性疼痛，因此我写东西更慢了。写一页稿纸的东西，我都要中间穿插一些活动，比如去院子里散散步、在屋子里踱来踱去，等等，否则我坚持不下去。所以虽说是在工作，其实真正埋头写作的时间不长，发呆休息的时间反而很多。也就是说，一天当中万事俱备、文思泉涌的时间很有限，要是在这样的时间里也被打扰的话，那真是损失惨重。有的客人会说，很想见您，三五分钟就好。可就因为这三五分钟，好不容易才找到的灵感被打断，等再回到书房时已全无头绪，然后就会再浪费掉三四十分钟，或者再也写不出来了，所以被打扰是不分时间长短的。现在的我尽量缩小自己的社交范围，至少不再扩大，尽量不结交新的朋友。以前讨厌社交，但美人例外，如果有人给我介绍美人或者美人来访，则不受此限。但现在我连见美女都提不起兴趣了。其实我现在依然喜欢美人，与从前并无不同。只是上了年纪之后对美人的要求越来越高。普通的美女，特别是时下流行的那种美女，在我眼里一点也称不上美，反而会引起我不舒服的感觉。

背地里我有一套自己对于佳人的定义，能满足这些条件的美人简直如黎明之星，不可能常有。我只希望到目前为止结交到的美人们，今后也能继续结交下去。对于我往后的人生，这已经足够绚丽了，我不想要更多新鲜的刺激了。

拒绝客人的方法有很多，最常用的是说不在家。对于传话的女人和孩子来说，比起麻烦的借口，直接说“主人不在家”是最简单的。但我不喜欢用这个方法，我交代家人，尽量用客气的口吻对客人说：“主人现在在家，但是谢绝没有介绍信的来客。”主要是对客人撒谎会让我感到恼火——如果家里比较小，有可能因为撒了谎而不能去厕所，或是不能打嗝、不能打喷嚏。如果不清楚地说明“在家也不见”，客人仍会再三前来拜访。如果正巧赶上交通不便，那么对客人也是个困扰。但如果是男青年还好，若是女客人，家里人总是会不知不觉说些客套话，比如“不好意思，他现在很忙”之类的多余的话。“什么？严厉一些也没关系，跟客人把话说清楚。”我对家里人这样交代。有的客人还会气愤地追问或者执拗地揪住不放，总之女客人就是不好打发。但即便如此，我仍坚持不露面，经常让中间传话的人受夹板气。谢绝东京或其他远道而来的客人虽然让我于心不忍，但我还是要坚决贯彻没有介绍信就不见的准则。只有这样，这个规矩才能在人们之间口耳相传，这样以后就省事了。其中也有客人会说出我认识的人的名字，说我和某某先生私交甚好、某某先生说会为我写介绍信等，就算麻烦我也会让家里人出去对这样的客人说，那就请您带着某某先生的介绍信再来。基本上这样的客人都不会再登门。当然，我会见真带来介绍信的客人，我的朋友们都知道这一点，很少会给我送来令我心烦的客人。

东京如何我不清楚，在京都的时候我经常会被邀请参加聚餐。若是座谈会我还可以理解，不是座谈会，经常仅仅是被邀请去大吃大喝。出席人多的场合，自然要与其他人交换名片，被迫认识别人，这已经是很大的麻烦和隐患了，再加上老年人对食物的挑剔程度等同于对美女的挑剔，因此，被请客吃饭真的不是一件值得高兴的事情。话虽如此，战争期间开始，要想吃从前那种传统的日本料理，必须请在这方面有人脉的人带着，还要出巨资，这是我们这些普通人望尘莫及的。招待的一方应该还认为自己施了很大的恩惠，然后把我们当成幌子，自己从中牟利。话说最近好像流行着一些打着“补充营养”旗号的奇怪的料理搭配。我去年去东京的时候，被邀请去了一家近郊的料理店，当时上的菜有金枪鱼寿司、牛排、天妇罗、炸猪排。还有一次住在乡下的一个旅馆，晚饭吃的海鳗鱼火锅，量极大，第二天早上又是牛肉火锅。我以为只有郊外和乡下这样，可是在京都市内的旅馆也吃过这种料理——从搭配看不出是日本料理、中华料理还是西餐。那些料理的搭配方式仿佛在说你们这些平时吃供给粮的人，赶紧趁着这个机会大把地补充营养吧。这些料理完全无视料理的规则，把人当成傻子，非常无耻。我在这个年龄中还算胃口好的，只要不是太难吃，我都会把上的菜和饭全部吃光。每次都是吃饱了之后，感到胃里堵了很多东西下不去，非常悲惨。而且最让人生气的是，这样胡吃海塞后的两三天里，食欲下降，无福享受家人按照自己口味精心制作的料理，没办法悠闲地享受家中晚餐。对于老年人的身体来说，食用营养过剩、过于油腻的料理是有害的，不如使用考究的味噌酱油做符合自己口味的家庭料理。而且，现在自己家用的材料比外面普通的餐馆，更让人放心。油炸的东西如果不是用自家干净的油的话，是不能随便吃的。总而言之，关于聚会，我只想在不影响工作的时候，参加那些仅仅有自己喜欢的人，并且提供自己喜欢的食物的聚会，但实际上就算这样我也不会十分开心。

（一九四八年七月记）

旅行杂谈

记得某位外国旅行家，好像是位德国人曾说：“在日本，最没受西洋之风影响，最好地保留了日本传统风俗、习惯、建筑之美的，应该是北陆某地。”那个外国人每次来日本，都到当地旅游。但究竟是哪里，他尽量不告诉别人。他虽然是一个作家，但绝不在书中写出地名。之所以如此,是因为担心一旦被世人知晓，那么城市里的人会蜂拥而至，接着当地就会进行各种宣传，投放各式设备，最终这个地方会失去原本的特色。美食爱好者中也有与这个外国人想法相同的人，即发现了好吃的店铺也不告诉朋友。虽然这种做法看上去有点不善良，但是那样的店就适合做小本买卖，一旦兴旺起来，很快就会扩建成外观华丽的店，并在节约成本的同时降低食材品质，制作上偷工减料、服务也会变得马虎粗鲁。所以不告诉任何人，只是自己悄悄地去吃，只有这样才能一直独享其乐，不会把这个店惯坏。实际上，关于旅行，我是学了前面提到的外国人的做法的。自己喜欢的地方和旅店，除了私交甚好的朋友向我打听以外，绝不向外人声张，文章中也绝口不提。说起来我的心情也是很矛盾的，有时住的旅店非常舒服、待客亲切热情、费用又很低廉，但生意惨淡，不被世人所知。每当遇到这种情况，想好好地宣传一下以表感谢是人之常情。可我自己这样写文章的人，故意将信息隐藏起来，害得人家尽心尽力地经营却得不到回报，有点恩将仇报的感觉。因此我内心也有十分过意不去的时候。但即便如此，我也绝不改变这个方针。

举个例子，关西某县某町曾是萤火虫胜地，近年宣传得力，每年一到初夏时节，就在东京大阪的报纸上巧妙地刊登广告。有很多城市人被广告吸引，前去抓萤火虫，可一去才发现，一只萤火虫也没有。因为和宣传的大相径庭，就去问当地人或旅馆服务员，他们就会说“早了一个星期”“还有十天”“还有半个月”等各种说法。但实际上这时正是萤火虫的季节了，只要有就肯定能看到。真相就是那个城镇已经没有萤火虫了。按当地以前的说法，这里是萤火虫的名胜之地，所以从前一定有很多。但是随着近年游客的增长，旅馆之间竞争加剧，争先恐后地盖起了高楼大厦，街道越来越繁华，所以萤火虫逐年减少。为何会如此呢？那是因为萤火虫不喜欢热闹的地方，最讨厌的就是灯光。可惜，鳞次栉比的旅馆周围电灯最多。玄关和走廊自不必说，从院子到河边、直到附近的山脚下，都安装了无数的电灯。好像是专门为驱赶萤火虫而安装的设备。这么亮的地方，萤火虫就是再想过来也不敢过来了。即使飞来了，那微弱的萤火虫之光也会被淹没，人们是不可能看到的。虽说是无心之失，在当地人看来，为了尽量吸引更多的游客而大力宣传，越宣传游客越多，紧接着旅馆数量增加，竞争越发激烈，为了吸引行人的眼球，各家旅馆不得不点亮明晃晃的电灯。难得的名胜就这样名存实亡了。另外，滑稽的是，为了免于被广告欺骗而来的游客的批评和责难，就把别处抓来的萤火虫简单粗暴地放到院子里。此外，滋贺县有个叫M的地方，因是所谓源氏大粒萤的产地而闻名，近年来更是加紧宣传。我虽没有去过，可据说这里每年向宫内省供奉萤火虫，应该确实是有的。然而这个地方禁止捕捉萤火虫，违者会被罚款。在不能享受捕捉萤火虫乐趣的这一点上，和前者别无二致。

有一个岛，位于濑户内海里不知是广岛县还是爱媛县境内。要想去那里，需要从中国地区或者四国的港口乘坐小蒸汽船。因为开往别府等的大型船只不在这里停靠，所以东京大阪的人很少去。那里有两三家旅馆，不过都是小规模的，楼下的店铺卖一些杂货或者食品，或者以搬家服务为主业，住宿费相当便宜。喜欢濑户内海的我，一次偶然前往那个小岛，在等待下一趟船的时候选了一家旅店休息。和同伴两个人，从早晨七点到午后四点一直占着二楼的一个房间，其间吃了午饭，还请店家为我们烧了热水泡了澡。结账的时候居然只要两元钱，一个一元。虽然便宜，但是房间绝没有不整洁，食物也并不难吃。因为是岛屿，所以鱼特别新鲜。而且四国是鱼糕最好吃的地方，不管走到哪里，只要吃鱼糕就不会出问题，那个岛也卖外面爱媛县做的鱼糕。我泡完澡，再小睡个午觉，感觉寝具特别舒服。一般旅店的被，只会在表面用绢绸，中间用旧棉填充。所以通常看着漂亮，盖着觉得很沉。相反，这家旅店在表面用木棉，内里用新棉。因为正值冬天，我盖了两套被，心想一定会很沉吧。没想到很轻，我这才知道他们用的是高级棉。不仅这些，所有地方都是这样的做法，让我很满意。我便问店家："这个岛上有海滨浴场吗？如果有我下次想带家人来。"没想到店家说："嗨，有一对住在神户的洋人每年都带着孩子来。一来就把二楼全部包下来，住上十天半月的。"继续问下去，原来离这儿不远有个海岸，虽没有设置什么设备，但确实是理想的海水浴场。二楼走廊两侧各有一间榻榻米日式房间，我知道可以全部租下来，店家说每人每天两元住宿费。因此，我暗自猜想这对在神户的洋人也和前面提到的德国人的想法一样，不告诉任何人，自己一家来岛上避暑。现在有名的海水浴场中几乎已经没有水质干净的地方了。即使原本洁净的海水，因为有很多的人来游泳也变得污浊不堪。据说这个岛的海水清澈透明，我觉得光是这一点就足够了。而且若从神户过来完全不用坐火车，夏天简直太好了，而且船票比火车票又便宜很多。因为海滨很清静，所以不用担心脱掉的衣服被偷走，也不用担心裸体被看到。不过，整天泡在海里没有其他娱乐活动也许会感到无聊，但如您所知，夏天的濑户内海像池水一样平静，可以自由自在地划船，或者乘小汽艇造访附近岛屿或四国、中国的海港。无论怎么说，那对神户的外国人发现了这么棒的避暑胜地，独自享乐。比那些冒着酷暑，花昂贵的住宿费去云仙、青岛、轻井泽等地的人聪明多了。

近来，我时常想去一个完全听不到电车和火车声响的地方，能悠闲地躺着或思考些什么，哪怕只有一天也好。于是，我有了去旅行的念头，可我觉得符合条件的地方越来越少了。试着展开地图看看就知道，狭窄细长的国土那纵横交错的铁道网，就像毛细血管一样逐年延伸到各个角落。若如此寸土不留，听不到汽笛声的深山幽谷的范围也越来越小了。除此之外，铁道部、观光局、旅行社等宣传机构，都在无死角地招揽着客人。所谓名胜已失去了当地的特色，只是沦为城市的延伸而已。因为我不喜登山，所以也没见过日本阿尔卑斯山繁荣的景象。原本山峰的优点不就是超凡脱俗的雄伟之感，以及拥有未被人类呼吸玷污的清新空气吗？古人所谓千变万化总归一、领悟天地之悠久、畅游神仙合一之境地，这不正是登山的乐趣吗？若果真如此，那么像今日信越地区那样宣传，就会使山岳失去意义。以前，小岛乌水初次描述那里的雪溪之美时，称富士山是谁都会去的恶俗之山，建议开发信越地区。如今，那里也许比富士山更加恶俗了。一想到本可以叫“临时休息处”就好的地方非要叫“山中小屋”；用东京市内会有的“某某山庄”命名旅馆，便觉得别说远离尘世，反而成了最有人类气息的场所，好像变成了虽位于乡村却满是前沿都市文化的地域风格。因此，真心想感受山之灵气的人们，如从前去攀登大峰山的行者那样怀有虔诚之心的登山者，只尽可能地物色不被世人知晓的山岳地带。那么究竟该如何寻找呢？先打开地图，注意寻找铁道网相对稀疏的地方，然后找出那个范围之内的山脉和峡谷。当然，那种地方的山不是什么名山，无论从山峰的高度、峡谷的深度，还是视野的壮观、风光的秀丽程度，都远不及阿尔卑斯山脉。若不以山高为贵，而是以没有人类和都市俗气为贵的话，凡山凡水倒更有韵味，也许更能荡涤满是俗尘的心肠。这不仅仅限于登山，比如之前提到的萤火虫胜地、赏樱品梅的胜地、温泉、海水浴场，等等，所有天下著名的一流景区多少都被破坏了。放弃这些，去寻找二三流的地方，才能真正实现旅行和游览的目的。

因此，对想要享受寂静的旅行滋味的人来说，发达的宣传机构也许是一种障碍，但有时也会因宣传机构而感到方便。为何如此说呢？近几年，比起去海边，更流行去登山。从前，天热要去海边，天冷要去海边，连胸部患病也要去海边。如今是夏天去爬山，冬天去滑雪，肺病患者可以去照紫外光线等，总之山是极受推崇的首选。我这个人连身边的甲子园的看台都没看过，对体育一窍不通，但一到冬天，每当看到沿线各个车站内每天都会张贴各地滑雪场积雪量，听到收音机也一直播放着滑雪场的情况，我都不禁怀疑，这点事至于这样闹哄哄的吗？但正因为广播电台、铁道部那样不遗余力、打着灯笼地招揽客人，不知道冬天放假时要去哪儿玩的人才能被引到雪山的方向。也就是说，当季的宣传有把吵吵闹闹的客人都轰到一起、赶到一个地方的作用。我的前辈和气律次郎先生说，近年来纪州白浜搞大规模宣传，结果导致别府彻底萧条下来了。我们本来是喜新厌旧、心血来潮的国民，只要一个地方用钲和鼓吹吹打打、大肆炒作，人们就会一窝蜂地涌过去，其他地方便没人了。因此，若能领会其中的诀窍，对宣传将计就计，趁着大家往一处聚集时去相反的方向。花点这样的心思，才能有有趣的旅行体验。我不会明确告知具体地点，那样会违反我的初衷。但大致上濑户内海的沿岸及岛屿等有很多都是这种被忽略的地方。冬天去那边看看，会觉得暖洋洋的。阪神地区也暖和，但是那边更暖一些，一月末梅花就开始开放了，还可以采摘艾蒿做草饼。可是避寒的客人们却涌到白浜、别府、热海等处，所以我说的这些地方的旅店很冷清，到哪里都是悠闲自在。我特别喜欢赏花，感觉不看到绚烂盛开的花就无法真正享受春天，赏花地点也要按上述的窍门去找。每年山上积雪开始融化、不能滑雪的时候起，周到无疏漏的铁道部便开始零零星星地散播花讯，四月中旬发出赏花专列自不必说，下个周日哪里正是赏花期、哪里开了七分，等等，皆一一报道。对于想安静地赏花的人来说，避开这些地方就好了。之所以这样说，是因为赏花不必局限于名胜之地，只要有一棵开得漂亮的樱花树，在树荫下铺上幔布、打开多层食盒，便可尽情享受。如果能具备这样的思维方式，也能省掉乘火车、电车的麻烦。比如我曾在自己居住的精道村的后山附近，谁也没注意到的山谷和高地中，发现了极美的樱花和极好的赏花场所。

另外，在这里还想悄悄地告诉大阪地区的各位读者，其实我有一个乐趣，是在桃花盛开的时候，乘坐关西线的火车眺望春天的大和路。众所周知，在赏花季节，那个方向无论哪一条线都拥挤不堪，严重超载，并且因为超速行驶的原因，可能每次都会出问题。这种时候，你可以试着离开凑町，穿过前几年发生了滑坡还是什么的村子的隧道，经过柏原、王寺、法隆寺、大和小泉、郡山等小车站，坐上开往奈良的火车。大日本轨道公司的列车用四五十分钟能到的地方，普通列车要用一小时十二三分钟。不过乘坐快车没什么意义，这种站站停的慢车就很好。乘上火车首先让我感到非常惊讶的是，电车拥挤成那个样子，火车却空空荡荡的。一节车厢中的乘客人数屈指可数。三等座席大概是这样，二等座也定是如此。宽敞的座位，可以伸直双腿，在悠长的慢慢摇晃前行的火车里，眺望窗外霞光中朦胧的大和平原的森林、山丘、田园、村落、佛塔等武陵桃花源风格的景色，不知不觉就彻底忘记了时间的存在。何时到奈良？现在开到了哪里？下一站是哪里？这些问题都与我无关了。只感觉列车会永远这样走走停停地行驶下去，窗外永远是朦朦胧胧连绵不断的平原，好像永远没有日暮之时。我尤其喜欢在下了春雨的午后乘坐这趟列车，一般这种时候身体会懒洋洋的，总是时不时就迷迷糊糊地打个盹儿。常常被列车咣当咣当的启动声弄醒，再看车窗，玻璃已被蒙上一层水汽，窗外的平原上，猫毛般的细雨似乎比霞光还温暖地笼罩着大地，包裹着远方的塔和树木。就这样，到奈良的一个小时的时间让我感到无比悠闲自在。若时间富裕，还可绕道乘坐樱井线，通过高阳、亩傍、香久山一带，经停樱井、三轮、丹波市、栎本、带解等车站，最后抵达奈良。说是周游大和，比起匆匆忙忙、在人山人海中奔走，还是这在火车上的几个小时，而且是无比悠闲的几个小时最棒，真是能体会到千金不换的快乐。然而，那么多的人因为舍不得那一点的时间和车费，全都选择乘坐电车，我真是不能理解。是因为现在是追求高速的时代，民众在不知不觉中就失去了对时间的忍耐力，慢慢变得不能踏实专注于一件事了吗？若如此，为了找回那份平和，作为精神修行，也建议大家去乘坐一次那班列车。

我从东京回大阪经常乘坐夜里十一点二十分从东京站发出的列车。这趟不是快速列车，是唯一一趟连着二等卧铺车的开往大阪的火车。到目前为止，我每次都是临近乘坐日才买卧铺票，从来没有买不到的时候，而且买的还都是下铺，就连春假或年末等旺季也肯定能买到。而且绝大部分日子好像坐上车再买卧铺票都来得及。东海道线上仅此一班卧铺列车能看到如此空空荡荡的场景。若问为何如此，大概是因为不是快车。这趟列车是上述时间从东京出发，第二天上午十一点四十五分到达大阪，车程十二个小时零二十五分钟，比快车多花不到一个小时。在这趟列车前发车的七次列车——开往下关行的快车是晚上十一点从东京发车，第二天上午十点三十四分到达大阪，也就是说需要十一个小时三十四分钟。虽然两趟车时间差不多，但这趟快车上的人却相当多。这大概是被急行快车的名字欺骗了，不知道快车以外还有带卧铺的列车吧，还有就是普通列车停靠车站多，坐着咣当咣当走走停停的列车会感到烦躁是最重要的原因。其实如果一上车就马上钻进卧铺的话，一直到第二天早上天亮的七八点是什么都不知道的。过了京都以后就不停车了，有点烦躁的不过是大府一带到京都的三个半小时左右，其实这段也仅比急行快车多停了六站而已。如今这些过于精明的乘客，连这一点耐心都没有，直接去买快速车的车票，真是非常愚蠢。不过，多亏有这么多急性子的人，这趟火车才如此空空荡荡，所以也不能一概地笑话他们。但是，有些人抗议普通列车总是开开停停，让人无法入睡，对这样的人就不能推荐这趟火车。但相反，也有人不像卧铺车那样摇晃就睡不着，甚至极端地在自家床底下装了个电机。我倒不至于如此，我本来就是睡眠很好的人，在火车上也睡得不错。乘坐去东京的夜行列车我一般不知道什么时候过的箱根山，一晃儿就睡到了横滨，被男服务生叫两三次才能起来。从去年年末到现在去过三次东京，直到前些天乘“燕子号”特快列车回大阪才看到了半路上的丹那隧道。因此，我觉得三十七次列车非常适合我，不仅能舒舒服服地入睡，而且早上醒来后也觉得很舒服。我一般是上午八点前后，到名古屋附近时起来，本就空荡的二等车厢几乎没有新上来的乘客。而且还有卧铺车厢，可以一个人连占几个座位，伸开腰腿，如果没睡够的话，还可以再睡个回笼觉。而且，从大垣、关原、柏原、醒井一带到米原，琵琶湖沿岸到大津的风光，不知看过多少次，但总是看不够。这也许只是我个人的想法：

沿着东海道走，一直到名古屋，车窗外的民居建筑和自然景色都有东京的风格，但一过了名古屋，这种风格就彻底消失了，感觉一下子进入了关西的势力范围。因此，在卧铺中酣睡一夜，一早醒来看看窗外，已经完全是关西的景色了。那一早晨的愉悦心情简直无法言说。也许是因为我每次去东京都不是什么正经事，所以总是忙忙碌碌、风尘仆仆的。卧铺上睡一觉，便可彻底与东京的忙碌告别。每次列车服务员整理卧铺后，我都想再睡一会儿，但是一看到关原那边满眼柿子树的村落风景和农家的白墙，便不知不觉地看得入了迷，忘了睡觉的事了。啊，不，说实话我是想阅读几天没看的令人怀念的大阪的报纸，于是在名古屋车站让服务生买来，但就连报纸都只看几眼就扔在一边，然后贴着车窗往外面看。火车开出大垣站后，经过醒井，先后在米原、严根、能登川、近江八幡、草津、大津站停车。但我一点也不觉得烦闷和无聊。可惜“燕子号”特快列车在这一段车速太快了。这趟列车通过关原时车速较慢，可以清楚地看到彦根城天守阁、安土、佐和山一带的地势，真是令人高兴。如果是带着孩子，不这样缓慢行驶的话，是很难讲解清楚沿线的名胜古迹的。因此我想，是否应该提倡一下逆潮流而动，不去在短时间内快速跑到很远的景点去，而是在小范围内尽可能花更长的时间来游览。如果这样漫步旅行的话，你会从至今为止司空见惯的地方得到意外收获。虽然不能全都徒步行走，但因为嫌麻烦所以一点点距离都要开车的习惯是最不好的。那样会完全失去了旅行的心情，不管到哪里都不会留下任何印象。

顺便说一下，每次乘坐火车都令人感到不快的是旅客缺乏公德心。这点很多人都加以提醒和倡导了，特别是《大阪朝日新闻》“天声人语”栏目曾屡屡敲响警钟，大阪人在这方面确实没有东京人讲究。近来，无论什么事我都格外偏袒大阪，但这一点真是不如东京人。现在据说连大阪人自己在各地旅行时，都不愿意在火车上等地方碰到大阪人。为何这么说呢？如果你看到有人拖家带口地拥进二等车厢，旁若无人地占领宽敞的座位、不顾形象地吃吃喝喝、毫不客气地大声交谈、橘子皮和食品盒到处乱扔、和素不相识的人搭话，那一定是大阪人。即使外地人不知道，大阪人自己立刻就能分辨出来。大阪人去外地赏花，都会若无其事地把大日本轨道公司的电车和京阪电车搞得一片狼藉，在自己家门口的郊外电车上，周围人都如此，那就更没有办法了。但若在旅行的地方仍然如此，大阪人的缺点就突显无疑了，连同乡人都会恨之入骨。但是，这并不代表东京人有嘲笑大阪人的资格。我们缺乏公德心大概是源于久远的封建社会的生活方式，也有与我国的淳朴民风相结合的一面，因此应该充分考量，一时也难以完全纠正。可即便如此，看到火车上的那番光景，真是没有一点所谓亚洲盟主、三大强国之一的一等国民的样子。有人说二等座的旅客比三等座的更加过分。至少可以说，本该有教养的人若和一般大众一样不守规矩，那给人造成的不快之感可是不能相提并论的。再举一个小小的例子，去餐车或厕所时，没有人会把车厢门好好地关上。若赶上冬天，哪怕有一点缝隙，外面的寒风都会嗖嗖地刮进来，更不要说在厕所旁，那肯定是臭气袭来。可明明如此，过路的人却只是背着手猛地把门带上，也不回头看看是否关好，通常还会剩个一两寸的门缝，必须谁起来再去关一下。这对座位离出入口近的人来说简直是个灾难，要无数次重复关门的动作。尽管心里会想“为什么总是要我来关”，感到义愤填膺，但若放任不管，自己首当其冲会被寒风和臭气袭击，怎么也得起身去关门。每个人都可能会遇到这种可气的情况，可换自己走过通道时却若如其事地给别人带来麻烦。最可气的是，有时候人们会成群结队地叼着牙签从餐车回来，络绎不绝，最后那个人也不会关门，好像觉得还会有人过来，于是敞着门就走了。另外，明明火车上的厕所是每用一次都可以用水好好冲洗干净的设备，还贴着注意事项，可是一百个人中都不会有一个人按照要求去做。啊，岂止这些，连洗脸池中的脏水都不好好放掉。后来的人一定要先把前面人用过的水排掉。这种行为和上完厕所不擦屁股一样，公德心说起来好像挺复杂，但其实都是常识，想想就能明白的道理。可是谁都不感到奇怪，也不觉得羞耻，不得不说真是不可思议的文明国民。当然，日本人的坏习惯不仅是在火车上有，但火车上确实是最严重的，在其他地方遵守礼仪的人，一上火车就忘记了平时的规矩，真是令我觉得不可思议。

冬天旅行令我困扰的是，火车、轮船、酒店、旅馆、电车、汽车等有的有暖气设备，而有的没有，且温度差别大，很容易引起感冒。因此若带着柔弱的女人和孩子，会特别担心。尤其像高楼大厦里的空调也常会造成这样的困扰，像这种便利反而造成不便的现象，在都市生活中屡见不鲜。旅行时，经常在一天之内遭遇频繁的温度变化，而且这些变化都来得猝不及防。说到这里，我想起某年冬天，我于夜里十二点登上了高浜至别府的客船，服务生指着两三间空着的船室的其中一间说："这间是最暖和的。"服务生给推荐的房间暖气开得很足，把室内搞得特别热。我想睡着了就好了，就尽量穿着薄衣躺在床铺上。可越待越热，好像在桑拿房似的。没办法，我脱掉了所有贴身衬衣，光着身子直接穿一件夏季和服，把毯子全部掀开，可还是不停地冒汗。害得我一晚上翻来覆去睡不着，非常痛苦。毕竟船的客舱狭小，通风又不好，又在靠近热源的地方，就算没有暖气也应该能熬过去。可却把房间弄得这么热来招待旅客，我不得不怀疑这种做法有没有常识。我又想到这是不到五百吨的小蒸汽船，没有客舱，曾经我乘船环绕内海岛屿，一进轮船的客舱大厅，一股热浪扑面而来，让我突然觉得想吐，豆粒大的汗珠落下来。想着返航时又要被煮一遍了。可是，这次因为客人少，为了节约，在很大的房间里只放了一个火盆，里面烧的煤球都快要灭了。加上三面是窗户，窗缝漏进刺骨的寒风。像这样，一时热风一时冷风地吹着，再怎么小心的人也会感冒。和过于寒冷相比，大概大多数人都更难忍受过热。火车也是，东海道线的快车也弄得很热。夜间倒不至于那样热，但是白天天气好的时候，透过玻璃车窗照射进来的太阳光就足够热了，更别说还有那么多旅客自身散发的热气，难道就不能适当调节一下火车的暖风吗？ 我是热性体质，也许别人不像我觉得这么热，尽管如此，不要忘了现在大多数日本人家里是没有暖气的。想起那种燥热，我是绝不愿意在冬天白天乘坐东海道线的火车的。特别是从名古屋到静岗、沼津的这段，午后强烈的阳光照射进来，时间也是最无聊烦闷的时候，被热气蒸着，看报纸杂志的精力和眺望窗外景色的兴致全都没有了，只能迷迷糊糊地打盹儿睡觉了。不过，那可不是惠风和畅型的打盹儿，一睁眼，全身被油滋滋的汗水搞得黏糊糊的、关节酸痛、口干舌燥，是越睡越累的那种打盹儿。此外，因此感到咽痛、头疼、晕车的也大有人在。这么说来，我想起西方人喜欢在非常热的房间内办公谈笑，每次都让我感到震惊。难道日本铁道部只是在一味地迎合洋人，至今仍然残存着明治时代的殖民地劣根性吗？

我年轻时觉得西式酒店也不错，上了年纪以后觉得各方面还是日式旅馆好。曾有段时间，我是不去没有西式酒店的地方旅行的。现在正相反，即使要多少忍受些不便，我仍会选择日式旅馆。啊，正因忍受一些不便才能体会到那种难以言说的旅行的心情，若服务太过周到、太有城市的方便发达，我反而不太喜欢。因此，我每去陌生的地方住宿的时候，会提前向别人咨询、看攻略、再查两三个旅馆的名字，到了当地之后，我会先到那几个旅馆的门口看一看。从车站坐汽车的话也绝不直接停在某家旅店门口，而是坐在汽车上走马观花看完所有旅店后再决定当晚住在哪里。傍晚到达目的地后，心里想是什么样的旅馆在等待着自己呢？这时我会抱有一丝好奇，还有淡淡的乡愁，饿着肚子徘徊在灯火阑珊的乡间小镇。还没决定住处，在十字路口徘徊、伫立在桥上时的心情——青年时代放浪形骸的我依然憧憬那个有点儿感伤的黄昏，这也是促使我常去旅行的原因之一。要说在这样的时候，什么样的旅馆能吸引我前去入住，我要说不是那种现代风格的，而是有几分落后于时代的、像默阿弥的世态剧或长谷川伸的侠客游记类作品中出现的那种，简单说，不是“旅馆”，而是“客栈”那样风格的更吸引我。然而近年来，一些老字号的一流客栈都开始慢慢扩建成了旅馆。从祖辈那里继承来的店面他们原封不动，而在别处新建称为“别馆”的房屋，但这个不合我的喜好。我还是喜欢院子进深很深，面向街道的门脸宽敞，进入玄关后正面有宽阔的楼梯，在二楼的栏杆处能看到街上的行人的那种客栈。并且最好外观大气一些，好比像古市的油屋、琴平的虎屋那种就很好。有时萧条的车站停车场前的那种客栈，我也想偶尔住一晚看看，房间里泛着黑亮的光的木材的切口比新的那种切口更让人感到内心宁静，让人想起这个城镇的历史和传说。

话说这种客栈，设备什么的都是老式的。自不待言，要有忍受各种不方便的精神准备。首先暖气就别想了，肯定没有，即使在最寒冷的时候，除了被炉、地炉、热水袋之外，就不要指望别的了。厕所也不是冲水式的。至于附带的两顿餐食，虽然各式菜品颜色丰富，但是一般都不是很好吃，让人想到京阪方言中“难吃”这个词。而且，有时代感的壁龛立柱、书房、挨着连廊的推拉门、楣窗和栏杆的雕刻、前院栽的藓苔和放置的灯笼、栽种的花草树木，各方面都有些粗枝大叶的日式榻榻米房间才让我感到放松和享受。就是这种客栈，对外面的事物不敏感，但是会在壁龛装饰、书画和插花上格外用心。以前我常去山阴地区某城市的一个客栈，被近年来新盖的不少新式旅馆抢了客人，生意萧条。若是去之前打个电报，到了之后就会发现有新插的花摆在壁龛中。而且那花并不是随意地插在花瓶里，而是用漂亮的浅口容器，精心修剪花枝、遵循天地人那种传统结构插的。于是我向女服务员打听，才得知这间客栈的主人会未生流派的插花，这都是他自己插的。乡村客栈主人凭着这已不再时髦的手艺招待客人，就算这客栈什么都没有，那端正的插花也会给人一种诚恳、规矩的感觉。而且这种客栈中的用的桌子、老式衣架、座位扶手、烟灰缸、火盆、砚台盒等东西，都是品质好的大品牌的东西，不是时下赶工做出来的那种。虽然如此，他们并不会像东京一带的料理店那样故意炫耀这些古董的价值，他们只觉得是从祖辈开始就使用的旧东西，虽然不符合当今的爱好品位，但是因为还能使用就先凑合用着。与此同时，在这样的客栈也会遇到很多不满意的问题。比如，店家可能不会告诉你你在外出期间有人来找过你；拜托他们帮忙也比较麻烦；一大早服务员就会打开遮雨窗；等等。所以必须做好心理准备，把住在这里当成是培养忍耐力和耐心的修行。我之所以冬天尽量不去这样的客栈，倒不是因为怕冷，而是因为万事忍耐，最后大都会感冒。

不想住日式客栈的原因还有一个，那就是出入房间的女服务员总是不关门。这和前面提到的敞着火车过道门的情况一样，日本人有这样的坏习惯，在家庭的日常生活中也屡见不鲜。但是，客栈里相邻房间的都是素不相识的人，服务员在这方面明明应该稍稍注意一些。可是很少有服务员进到前厅跟客人说话时，能把挨着走廊的那个推拉门拉上。这也就算了，可出去的时候大部分人也不会关门。上菜和上酒时要来回跑好几次，每次都要开门和关门可能太麻烦了，但是往返厨房时也一直敞着，实在是没有道理。客人一般会把衣服或者随身用品放在外间，如果在走廊就能看到屋里东西的话，不仅是服务员思虑不周的问题，而且冬天会因此更冷，所以很令人生气。因为房间本来就没有暖炉，靠烧火盆或者用被炉勉强取一点暖，但服务员一进来就会全身一次冻得发抖。想想必然会如此，因为从走廊到外间，再到榻榻米的房间，有两扇推拉门，但是一个都不会关。冬天在外住客栈的话，十有八九要受到这样的待遇。我很不理解为何平时店家不提醒服务员注意这个问题。另外，我还有一个疑问，每次问火车和客船的接驳时间、游览路线，或者其他关于当地的旅游的问题，几乎没有一名女服务员能干脆利落地回答上来。无论问什么，她们都会说："我不太清楚，我去问问掌柜再给您答复。"确实，问一下总比提供错误信息强，但是我也没问什么特别难的问题，不过是从这里到那里有多远、乘汽车要多长时间、车费多少这种本地长大的小学毕业生都能回答的问题，而且我只是在服务员跪着上菜等时候问，因为也没别的话说，但没有一次得到痛快回答的。"嗯……"口中含糊其词，低着头偷偷地笑着。这种情况，就算澡堂的搓澡工，只要是男性的话多少都略知一二。也许是女性本来就对地理和历史缺乏兴趣，即使是自己长大的地方，只要没人教，自己也不会想要主动了解的缘故吧。这可能也可证明，客栈的女服务员中外来人口较多，本地人少。但无论如何，在教育普及的今天回答不了如此简单的问题实在是不应该，这个问题应该引起客栈主人或者领班的注意，需要给她们讲授一下当地的常识，而且只是口头传授是不够的，偶尔举办一下郊游会，首先让她们看一看附近的名胜古迹，作为奖励也兼作实地教育。既然是从事接待的人员，难道不应该事先有些准备吗？

据酒店经营者说，西洋人不允许一点点的过失，有不满意的地方就马上斥责责备。日本人正相反，大多数时候会忍下来，所以反而难应对。想来，假如近代关于旅行的思维方式是，出来旅行就要尽量舒服、要和在家一样舒适自在才行的话，那么旅馆方为了满足客人的要求自然就要在硬件上展开竞争。但我认为，我们不应该丢弃“爱孩子就要让他出去经风雨见世面”这种传统的想法。借外出旅行的机会，可以矫正吃饭挑剔、睡懒觉、运动不足等不良习惯。起码在旅行期间能做到不过分讲究，养成克服困难的习惯。我因为职业的关系，经常需要转换心情、变换环境，时常需要把自己从日常生活中解放出来。怀着这样的目的去旅行时，我会换上不同的服装，再换个名字，乘上三等座的火车或轮船，入住便宜的旅馆。其实像我这种职业的人，去乡村旅行，有可能会被当作宣传工具利用，或被报社记者、文学青年好奇地打量，如果不自己小心的话，是不可能享受不被打扰的旅行的。而且，改变姓名和装扮，完全变成另外一个人，去广阔的世界看一看，也是我的一个兴趣。可能因为我是个腼腆的人，一旦被大家认出我是那个小说家，被当成老师对待，我就觉得不好意思，非常拘谨。因此，旅行时改名换姓，所到之处可以自由地与人交谈，还可以在此之外结交到同伴。从这点上来说，我特别喜欢乘坐三等船舱。虽然不知道出洋旅行的长途航线的客船怎样，但是在纪洲、内海等地乘船旅行时，一进一等船舱，就要与船长和事务长等人寒暄，还要和同舱的人交换名片，光这些就够烦的了。但若进了三等舱，可以在大客舱随便躺着，不会有人注意到我，真是逍遥自在。那种时候，我会支着耳朵听身边乡村老爷爷、老奶奶、申请了假期回乡探亲的年轻女服务生们的闲谈，如果觉得投缘也会主动和他们攀谈。从中可以看出，从四国一带来到大阪和神户沿线工作的女服务人员很多，乘坐来往别府的客船的三等舱时，时常混在这些年轻的女人当中。但是想想，偶尔尝试一下三等舱的旅行，看一看不同的世界，这不仅对作家，对于政治家、实业家、宗教家来说不也是非常必要的吗？

厕所杂谈

关于厕所，我印象最深，至今仍时常想起的是日本上市地区的一个馄饨店的厕所。有一次我突然想大便，拜托店家带我去厕所，店家便把我领到位于后屋，紧挨着吉野川的河滩的厕所。像那种沿河而建的房子，通常往屋后走，原本的一层就会变成二层，下面还有一个地下室的空间。馄饨店也是这样的结构，厕所在“二层”，跨在上面往下看，让人目眩的下方是河滩上的泥土和青草，能清楚地看到菜地里盛开的油菜花、飞舞的蝴蝶、路过的行人。也就是说，这个厕所是向河的方向凸出来的，我踩的板子下面除了空气再无其他了。从我的肛门排泄出来的固体，经过几十尺的高空，掠过飞舞的蝴蝶和行人的头顶，落到粪池当中。虽然下落的过程清晰可见，但是既没有青蛙入水的扑通声，也没有臭味返上来。而且从高处看到的粪池，也让人感觉没那么脏了。我想在飞机上上厕所应该就是这种状态吧，可是粪便坠落的空间里有翩翩起舞的蝴蝶，下面有真正的菜田，如此讲究的厕所应该没有第二家了吧。但这种情况下，上厕所的人是挺享受的，有可能受灾的是在下面行走的人。因为在广阔的河滩，有各家后院的农田，有花坛，有晾衣处，所以底下经常有人走动。因为不能一直注意上方，如果不立一个木桩，告诉大家“上面有厕所”，很有可能在别人上厕所的时候一不留神从下面经过。那样的话难保不会被“天上掉的馅饼”砸中。

虽然城市的厕所在卫生方面无可厚非，但是少有这样的风雅。乡村土地资源丰富，房子周围枝繁叶茂，厕所一般和主屋分开，用连廊连接着。听说纪州下里的悬泉堂（佐藤春夫的老家）虽然建筑面积不大，但院子就占了将近一万平方米。我从前是夏天去的，长长的连廊向院子方向伸出，连廊尽头角落里的厕所被郁郁葱葱的树荫包围着。这样臭味会转瞬消失在周围清新的空气中，好像置身公园凉亭里休息，不会有任何不干净的感觉。总而言之，厕所应该尽量建在离土地近，亲近接触大自然的地方。越是接近荒草丛中，边望着天空边排泄那种原始质朴的感觉，就越会令人心情舒畅。

应该是将近二十年前的事了，长野草风去名古屋旅行，回来后感叹名古屋这座城市很发达，市民的生活水平不输大阪和京都。要问何以得出这样的结论，长野草风说被人邀请到家里做客时闻到的厕所的味道让他得出了这样的结论。据草风的说，无论是打扫得多么干净的厕所，都会残留着淡淡的味道。那味道中混合着除臭剂的气味，大便和尿液的气味，庭院杂草、泥土和苔藓的气味。而且这气味各家不同，有品位的家，厕所的气味也是有品位的。他还说，嗅一下厕所的气味，大致就能了解那家人的品格，也能想象出他们过着怎样的生活，名古屋上流家庭的厕所大都散发着雅致脱俗的有都市感的气味。原来如此。这么说来，厕所的气味确实伴随着一种温暖的回忆。比如阔别故乡已久的游子回到家中，一进厕所，闻到那熟悉的气味，幼时的记忆便复苏了，这是他才会涌出“啊！我回家了”的亲切感。对于常去的料理店和茶馆，也是同理。平时不会想起来，偶尔去玩，进到那家的厕所时，曾经在那里度过的享乐时光就会纷纷浮现出来，缓缓地产生曾经那种放荡的、沉湎于花街柳巷的情愫。另外，也许这么说有点奇怪，我觉得厕所的气味有镇静神经的作用。众所周知，厕所是适合冥想的地方。但是在现在的冲水式厕所中，冥想却不会进展得那么顺利了。其中一定有很多原因，但我觉得影响最大的是，冲水式厕所只图干净，没有草风说的那种雅致脱俗的气味了。

这是志贺直哉从已经去世的芥川龙之介那里听来的，一个叫倪瓒的人的厕所的故事。倪瓒是中国人中少有的洁癖人士，他收集了大量飞蛾的翅膀，放到大桶里，把它放在厕所的地板上，自己则爬到高处如厕。你可以理解为这些翅膀是代替粪砂的。飞蛾的翅膀是非常轻盈柔软的，这样做是为了让从高处掉下来的“馅饼”能迅速地埋在其中，不见踪影。大概从古至今也没有这样奢华的厕所了吧。粪池这个东西，不管打造得多么漂亮，打扫得多么干净，一想到它还是有肮脏的感觉。但这个用飞蛾翅膀铺着的粪池，想象一下也觉得很美。粪便从高处落下，无数的翅膀一下子飞起来，如烟如雾，那是一片片干燥的、泛着金褐色底色的、像极薄的云母碎片般的翅膀。这些迅速飞起来的碎片包住落下来的东西，让我们来不及看清是什么东西落了下来。就这样再进一步展开联想，也完全没有肮脏的感觉。除此之外，令我震惊的是收集这么多翅膀要花费的工夫。虽然乡村的夏夜，会有多得数不完的飞蛾，但若要满足上述用法就必须大量收集，而且恐怕每次使用后还要添新的翅膀。所以应该是耗费了大量的人力，趁着夏天的时候捕捉成千上万的飞蛾，存够一年的用量。这真是一个奢侈的故事，只有在古时的中国才能办到。

我觉得倪瓒之所以如此精心设计厕所，绝对是因为他不想看到自己的排泄物。当然，即便是普通的厕所，只要你不特意去看，也不会看到。虽说只是“看到污秽的东西”，并非“看到了恐怖的东西”，但是只要在醒目的地方就有可能会看到，因此，把厕所本身建造成看不到排泄物是最好的了。最简单的处理办法就是把地板以下弄得很暗。这个没什么难的，只要把下水道的盖子盖严就行了。尽管把盖子盖严就能遮挡很多光线，但最近很多家庭都忽视了这点。还有就是在此基础上，把粪池和地板的距离拉远一些，让上面的光线照不到里面。

如果是冲水式厕所，就算讨厌也会清楚看到自己排出来的东西。特别是日本的蹲厕，不同于西式座便，日本蹲厕在冲水之前，粪便就盘在你屁股下面。你可以轻松地看到没有消化的食物，这倒有利于保健。也许这种联想有些粗俗，但是我真的不想让花容月貌的东方美人上这样的厕所。那些地位尊贵的人，还是不知道自己屁股里排出的东西是什么形状为好，就是知道也要假装不知道。如果让我建一个自己喜欢的厕所，我是不会选择冲水式的，我会造传统的那种，但我会尽量让粪池离厕所远一点，比如把粪池建在后院的花坛或田地里。也就是说，从厕所的底下到粪池挖一个斜坡，用陶土管或者其他管道把秽物输送过去。这样，厕所的正下方就没有进光口，会一片黑暗。也许会有似有似无的适合冥想的、雅致脱俗的气味，但一定不会有令人不愉快的恶臭味。而且不是直接从厕所淘粪，不必担心出现正在如厕就不得不慌慌张张向外跑的窘态。对于种菜和种花的家庭来说，这个方法也便于获得肥料。我记得大正时期的厕所就是这样的。如果是在土地资源丰富的郊外，比起冲水式的厕所，我更推荐这一种。

在男士小便器中铺上杉树叶是挺风雅的，可我总觉得有不妥之处，原因在于冬天会有大量的热气升上来。原理是这样的，因为铺着杉树叶，本来应该很快流走的尿液会存下来，慢慢从叶子的缝隙往下渗透，温热的尿液产生的热气就会扑面而来。如果是自己的热气也许还可以忍受，如果紧跟在别人后面上厕所，便只能耐着性子等热气消散了。

有的料理屋或茶屋的厕所，喜欢点丁香去味。厕所还是用以前的樟脑球，这样既有厕所的感觉，气味也比较优雅。建议不要用太香的香料。像白檀，一般用在治性病的药中，如果厕所用了它反而弄巧成拙。丁香在从前是能让人产生情愫的气味，如果把这个气味和厕所联系在一起那就太煞风景了。我想也不会有人再想去泡丁香浴了。我爱丁香的味道，所以给大家这个忠告。

在学校，老师教我们“我想去厕所”用英语说是“I want to wash my hands”，实际真这么用吗？我没有去过西方国家，但有一次住在中国天津的一家英国人开的酒店，当我小声问餐厅的男服务员：“Where is toilet room？”没想到男服务员大声问我：“W. C.？”让我觉得不知所措。比这更糟糕的一次是，在杭州一个中国人开的酒店里，突然想拉肚子，我便问：“厕所呢？”男服务生马上带我来到厕所，可不巧的是只有小便池。我一下子懵住了，因为我没学过“大便池”用英语怎么说。我对男服务生说：“是另外一种！”可是男孩子没明白。如果是其他的事情还可以用手势说明，这件事真是没有勇气比画。那时真是千钧一发，太窘迫了，所以我一直想着要学会这种场合中用的英语，但是到现在也不知应该如何说。

不小心打开别人正在使用的厕所的门时，我们会喊：“啊！有人！”你知道这句话用英语怎么说吗？——这个问题是很久以前的一次聚会上近松秋江问我的。大约秋江在酒店或者其他地方的厕所听过西方人说这句话吧。他告诉我，这种时候他们会说“someone in”。这件事过去二十多年了，我还没有机会用上这句话。

浜本浩还在改造社当职员的时候，有一次去京都出差，在拜访我家之后，他坐上了从梅田到京都的火车。在火车上他去厕所，但是因为关门时太用力，五金配件脱落，门关上后打不开了。不管他在里面如何喊叫或砸门，行驶中的火车太吵，没有任何人听到。

没办法，他做好了被困厕所的心理准备，捡起脱落的五金件，咚咚咚地扣着门。后来据说有乘客注意到了，告诉了司机，司机在到京都前把门打开了。我听了这个故事后，在坐火车上厕所时都格外注意，门要轻开轻关。若是普通列车，还可以在最近的一站开窗求救，但若是乘坐夜间快速列车遇到这样的事情，还不知道要被困在里面几个小时呢。